世界上再也没有比爱，人间的爱，更伟大的东西。

——契诃夫

大作家讲的小故事

坏孩子

［俄］契诃夫 ● 著
李辉凡 ● 译

图书在版编目(CIP)数据

坏孩子/(俄)契诃夫著;李辉凡译. —北京:北京大学出版社,2013.1
(大作家讲的小故事)
ISBN 978-7-301-21784-9

Ⅰ.①坏… Ⅱ.①契…②李… Ⅲ.①短篇小说－小说集－俄罗斯－近代 Ⅳ.①I512.44

中国版本图书馆 CIP 数据核字(2012)第 301146 号

书　　　　名:坏孩子
著 作 责 任 者:[俄]契诃夫 著　李辉凡 译
点评文字撰稿:许萍萍
丛 书 策 划:邹艳霞
责 任 编 辑:刘 军
标 准 书 号:ISBN 978-7-301-21784-9/I·2562
出 版 发 行:北京大学出版社
地　　　　址:北京市海淀区成府路 205 号　100871
网　　　　址:http://www.pup.cn　新浪官方微博:@北京大学出版社
电 子 信 箱:zyl@pup.pku.edu.cn
电　　　　话:邮购部 62752015　发行部 62750672　编辑部 62767346
　　　　　　出版部 62754962
印 刷 者:北京大学印刷厂
经 销 者:新华书店
　　　　　　650 毫米×980 毫米　16 开本　12.75 印张　150 千字
　　　　　　2013 年 1 月第 1 版　2014 年 9 月第 4 次印刷
定　　　　价:22.00 元

未经许可,不得以任何方式复制或抄袭本书之部分或全部内容。
版权所有,侵权必究
举报电话:010-62752024　电子信箱:fd@pup.pku.edu.cn

目 录 Contents

坏孩子 1

万卡 5

渴睡 11

一个文官之死 19

戴假面具的人 25

套中人 33

醋栗 49

姚内奇 63

宝贝儿 87

目 录
Contents

未婚妻 103

牡蛎 127

迟迟不开的花朵 133

两个男孩 181

乞丐 191

坏孩子

● 带着问题读一读，你会收获更多 ●

1. 柯里亚是好孩子还是坏孩子？
2. 两个年轻人最后为什么感到幸福和快乐？

大作家讲的小故事

伊万·伊万内奇·拉普金是一位青年男子，有一副令人愉快的外貌，而安娜·谢苗诺夫娜·札姆勃利茨卡娅则是一位年轻的姑娘，长着一个翘鼻子。他们沿着陡坡走下来，坐在凳子上。长凳子放在新长出来的茂密的柳树丛中间，紧挨着河水。一个美妙的地方！您坐在这儿，就与世隔绝了——只有鱼和在水上闪电似的奔跑的水蜘蛛看得见您。这对年轻人带着钓鱼竿、捞鱼网兜、装着蚯蚓的罐子以及其他捕鱼工具。他们一坐下来便立即开始钓鱼。

"我很高兴，我们终于可以钓鱼了，"拉普金向四周环顾了一下，开始说，"我要对您讲很多的事，安娜·谢苗诺夫娜……非常之多……当我头一次见到您的时候……鱼在咬您的鱼饵了……我才明白我为什么而活着，才知道我诚实劳动一生为之奉献的神像在哪儿……这大概是条大鱼……上钩了……我头一次看见您，就一见钟情，爱得要命！您等一会儿再拉……让鱼咬住钓饵再拉。……您告诉我，亲爱的，我能抱希望吗？——不是希望相互的爱，不是！这我还不够资格，这，我甚至想也不敢想——我能不能指望……您快点拉竿呀！"

安娜·谢苗诺夫娜把握着钓竿的手往上提起，猛地一拉，大喊一声，空中便闪现出一条银绿色的小鱼。"我的上帝啊，是一条鲈鱼！哎呀，嗨。……快点！它要挣脱了！"鲈鱼挣脱了钓钩，在草地上蹦跳着，朝它最喜爱的地方跳去，于是……扑通一声，跳进水里去了。拉普金去追捕这条鱼，但没有捉着鱼，不知怎的，却无意中捉住了安娜·谢苗诺夫娜的手，又无意中把她的手贴到自己的唇边……她要缩回手来，可是已经晚了：他们的两张嘴无意中凑到一起，接吻了。这事好像是在无意中发生的。他们接吻完了又吻一次，然后是海誓山盟，保证永世不变……

多么幸福的时刻！其实，在这个尘世生活里，是没有绝对幸福的东西的，通常幸福的东西本身就含有毒素，或受到外界什么东

西的毒害。这一次也是这样。在这两个青年接吻时，突然传来了笑声。他们朝河里一看，愣住了：一个赤身露体的男孩站在齐腰深的水里。这是中学生柯里亚，安娜·谢苗诺夫娜的弟弟。他站在水里正打量着这两个年轻人，并阴险地狞笑着。

"啊——啊——啊……你们在亲嘴呐？"他说，"好啊！我要告诉妈妈去。""我希望你做个正派人……"拉普金红着脸嘟哝道。"偷看别人，是卑劣的，而告发就更是下流、卑鄙、可恶了。……我想，你是个正人君子……""给我一个卢布，我就不去说！"正人君子说道，"不然，我就说出去。"

拉普金从口袋里掏出一个卢布给了柯里亚。柯里亚把卢布捏在湿漉漉的拳头里，打个唿哨便游走了。而这两个年轻人也没有再接吻了。

第二天，拉普金从城里给柯里亚带来了颜料和小皮球。姐姐则把自己所有的药丸盒都送给了他，后来又送给他刻有狗头的领扣。坏孩子对这一切显然都很喜欢，而且为了能得到更多的东西，他开始跟踪他们，拉普金和安娜·谢苗诺夫娜走到哪儿，他就跟到哪儿，一分钟也不让他们单独在一起。

"卑鄙的家伙！"拉普金咬牙切齿地说，"这么小，就已经是一个多么大的坏蛋，将来会成为什么东西哟！"

整个六月份柯里亚都不让这对可怜的恋人安生。他用告发来要挟他们；他监视他们，索取赠品，并且老是贪得无厌，最后他竟然提出要给他买块怀表。有什么办法呢？只好答应给他买怀表。

有一天，大家正在吃午饭，仆人端来鸡蛋饼，他突然哈哈大笑起来，用一只眼睛使着眼色，问拉普金："要说出来吗？啊？"

拉普金满脸通红，错把餐巾当成了蛋饼，咀嚼起来。安娜·谢苗诺夫娜则从桌旁跳起来，跑到另一个房间去了。

大作家讲的小故事

很长时间两个年轻人都陷于这样的处境。直到八月底，拉普金终于向安娜·谢苗诺夫娜求婚了。啊，这是多么幸福的日子！同未婚妻的父母谈过话，获得了他们的同意之后，拉普金首先就跑到花园里，开始寻找柯里亚。找到他时，他高兴得差点哭起来，一把揪住这坏孩子的耳朵。安娜·谢苗诺夫娜跑了过来，她也在找柯里亚，她揪住柯里亚的另一只耳朵。其实，大家应该看到的倒是这对恋人脸上表现出来的那种欢快感。这时柯里亚却哭丧着脸，正在向他们哀求："我亲爱的，好人，亲人啊，我再也不敢了！哎哟，哎哟，你们就饶了我吧！"

后来他们俩都承认，在他们相互恋爱的所有时间里，还没有一次感受到像揪坏孩子的耳朵时那样的幸福和无法抑制的快乐。

赏析与品读

契诃夫说，简练是才能的姊妹。他的作品，多以普通民众的平凡生活为题材，用简洁的叙事方式勾勒出一个个鲜活的人物。《坏孩子》中，一对年轻人刚刚萌发了幸福的种子，却在转瞬间，被一个"不怀好意"的孩子柯里亚生生地抑制住。

"多么幸福的时刻！其实，在这个尘世生活里，是没有绝对幸福的东西。"契诃夫一语就道破了社会生活的常态。年轻人在一刻的欢愉之后，即陷入了一种压抑的窘迫中。情节合理地展开，平淡却又令人纠结。然而在层层逼迫中，转机还是出现了。如一颗顽强的野草，终于在石头中觅得了一丝缝隙，深吸一口新鲜的气息，和阳光雨露共舞。契诃夫就是以这种全知视觉的叙述模式，掌握和安排着人物的命运。

万卡

● 带着问题读一读，你会收获更多 ●

1. 万卡的信中都写了哪些内容？
2. 万卡为什么给爷爷写信？

大作家讲的小故事

万卡·茹科夫是个九岁的小男孩。三个月前他被送到阿利亚兴鞋匠那里当学徒。圣诞节前夜他没有上床睡觉，等老板和师傅们都外出去做晨祷后，他便从老板们的橱柜里取出一瓶墨水、一枝带锈笔尖的钢笔，并在自己面前展开一张揉皱了的纸，动手写信。在写第一个字之前，他几次胆怯地回头望了望门口和窗子，斜眼看了看那模糊不清的圣像和两旁摆满了鞋楦的架子，断断续续地叹着气。纸铺在一条长凳子上，他就跪坐在长凳的前面。

"亲爱的爷爷，康斯坦丁·马卡雷奇！"他写道，"我在给您写信。祝您圣诞节好。愿上帝保佑您一切顺利。我没爹没娘，就剩您一个是我的亲人了。"

万卡把目光投向黑蒙蒙的窗户，窗户上映出了他的蜡烛般的影子。他生动地想起自己的祖父康斯坦丁·马卡雷奇——日瓦列夫老爷家的守夜人。这是个身材矮小瘦弱，却又异常灵活机警的小老头，年龄六十五岁左右，有一张老是带笑的脸和一双醉眼。白天他在厨房里睡觉，或是跟厨娘们开玩笑，晚上就穿上肥大的羊皮袄，在庄园四周来回走动，敲着梆子。跟在他后面的是耷拉着脑袋的两条狗，一条老母狗叫"卡什坦卡"，一条牧犬叫"泥鳅"。后者得此外号，是因为它毛呈黑色，身体细长，像条伶鼬。这条"泥鳅"是非常恭顺和亲热的，不论见着自己人还是陌生人都同样热情，可是它是靠不住的。在它的恭顺和谦逊背后，却隐藏着最最诡谲的奸毒。任何一条狗也不如它善于抓住时机，悄悄地走到人的背后，在腿上咬一口，或者钻进冰窖里偷农民的鸡吃。它已不止一次被人打断后腿，有两次人家把它吊起来，每星期都被打得半死，然而它每次都能活下来。

现在祖父也许就站在大门口，眯起眼睛看着乡村教堂鲜红的窗子，或者是用穿着高筒毡靴的脚踩着步子，跟仆人们在开玩笑。他

的梆子系在腰上,由于寒冷,他时而拍拍双手,时而缩缩脖子;一会儿在女仆身上捏一把,一会儿又在厨娘身上捏一把,发出老年人的笑声。

"咱们来闻闻鼻烟好吗?"他说,把鼻烟送到女人们的跟前。

女人们闻了鼻烟,打起喷嚏来了。祖父乐得不得了,发出一阵阵笑声,并大声说:

"快擦掉,不然就冻住了!"

他又拿鼻烟给狗闻。卡什坦卡直打喷嚏,扭动着嘴脸,委屈地走到一边去了。泥鳅则出于表示恭顺,没有打喷嚏,只是摇摇尾巴。天气非常好,天空中没有风,空气清澈而新鲜。夜很黑,可是整个村子及其白房顶都清晰可见,从烟囱里冒出来的一缕缕烟雾、蒙上了一层霜而变成了银白色的树木、雪堆都看得清楚。天上满布的星星欢快地眨着眼睛。银河显得如此清楚,好像节日前有人用雪把它洗过擦过似的……

万卡叹了一口气,用笔尖蘸了一下墨水,继续写道:

"我昨天挨了一顿打。老板揪住我的头发把我拖到院子里,用鞋工皮带把我痛打一顿,为的是我在摇他的孩子的摇篮时,一不小心睡着了。上星期老板娘叫我收拾一条青鱼,我先从尾巴上下手,她便抓住青鱼,用鱼头朝我的脸上戳。师傅们也取笑我,支使我到小饭馆去买酒,唆使我去偷老板的黄瓜,老板则随手拿到什么就用什么打我。吃的什么也没有。早上吃面包,中午喝稀粥,晚上还是面包。至于茶和菜汤,那只有老板一家人才能大吃大喝。他们叫我睡在穿堂里。他们的孩子哭起来,我就根本不能睡觉,得去摇摇篮。亲爱的爷爷,您就发发上帝的慈悲吧,带我离开这里,回家去,回村子里去。我再也无法待下去了……我叩头求您了。我将永远为您祈祷上帝,您就带我离开这里吧,否则我就要死了……"

大作家讲的小故事

万卡撇着嘴,用黑黑的小拳头揉了揉眼睛,啜泣起来。

"我会给您搓烟叶,"他继续写道,"为您祈祷上帝。要是我做错了事,您就像抽打西多尔的山羊那样抽我吧。如果您觉得我没有合适的事可做,我就去求总管看在基督面上,让我去给他擦鞋,要不就替费季卡去做牧童。亲爱的爷爷,我再也待不下去了……简直就是死路一条了。我本想徒步跑回村子,可我没有皮靴,我怕冻着。等我长大了,我一定报答您,供养您,不让任何人欺侮您;等您死了,我就祈祷上帝,让您灵魂安息,就跟为妈妈彼拉格娅祈祷一样。

"莫斯科是个大城市。房子全都是老爷们的。马很多,却没有羊,狗也不凶。这里的孩子不举着星星游玩,唱诗班也不随便让人参加。有一次我看见一个铺子的橱窗里摆着钓鱼钩卖,还带着钓丝,什么鱼都能钓,很不错。有一只钓钩甚至能钓起一普特重的鲶鱼呢。我还看见一些铺子卖各种枪,跟老爷的枪差不多,每杆枪恐怕得卖一百卢布……肉铺既卖野乌鸡,也卖松鸡和兔子,而这些东西是从哪里打来的呢,可掌柜的不肯说。

"亲爱的爷爷,等老爷家摆上挂有礼物的圣诞树时,您就给我摘一个金黄色的小桃子,把它放在一个绿色的小箱子里。您去向奥丽加·伊格纳季耶夫娜小姐要吧,就说是万卡要的。"

万卡抽搐着叹了一口气,又凝视着窗子。他回想起爷爷经常到森林里去给老爷砍圣诞树,还带着小孩子去,那时候可好玩啦!爷爷发出嘎嘎声,寒气发出嘎嘎声,万卡也跟着他们嘎嘎地叫。爷爷去砍树之前,通常总是先吸一袋烟,久久地闻着鼻烟,对万卡开开玩笑……那些小云杉披着霜雪,一动不动地立在那里,等着看谁先被砍死。不知从哪儿突然跑出一只野兔,箭也似的从雪堆上蹿过去……爷爷便忍不住喊道:

"抓住它,抓住它……抓住它!嘿!秃尾巴鬼!"

爷爷把砍下来的云杉拖回老爷家里,那边就开始把它装点起来……最忙的是奥丽加·伊格纳季耶夫娜小姐。她是特别疼爱万卡的人。万卡的母亲彼拉格娅在世时也在老爷家当女仆,奥丽加·伊格纳季耶夫娜就给万卡吃水果糖,没有事的时候就教他读书、写字,数数到一百,甚至还教他跳卡德利舞。可是彼拉格娅死了后,孤儿万卡就被送到仆人厨房里跟爷爷过了。后来离开厨房又到莫斯科鞋匠阿利亚兴的铺子里来了……

"亲爱的爷爷,您来吧,"万卡继续写道,"我为您向基督上帝祈祷,您带我离开这里吧,您就可怜可怜我这个不幸的孤儿吧,要不我还要挨他们所有人的打,而且我饿得很,烦闷得没法说,老是哭。前几天老板用鞋楦头打我的脑袋,把我打昏在地,好不容易才醒过来。我的生活苦极了,比狗都不如……替我向阿莲娜、独眼龙叶戈尔和马车夫问好,不要把我的手风琴送给别人。你的孙子伊万·茹科夫上。亲爱的爷爷,您来吧!"

万卡把写好的信叠成四折,把它放进信封里。这个信封是他昨天花一戈比买的……他想了一下,用钢笔蘸了蘸墨水,写上地址:

寄乡下爷爷收

然后他搔搔头,想了想,补写上:

康斯坦丁·马卡雷奇

他很高兴,写信时竟没有人来打扰他。他戴上帽子,没有把皮袄披上,只穿着衬衣,就跑出去了……

昨天晚上他向肉铺的伙计们打听过,伙计们告诉他,把信丢进邮筒里,然后醉醺醺的车夫就会驾着邮车把信从邮筒里取出来,带着响亮的铃铛分送到各地去。万卡跑到最近的一个邮筒跟前,把那封宝贵的信塞进邮筒的缝里……

大作家讲的小故事

在一种甜美的希望的催眠下,一小时后他就睡熟了……他梦见了一个炉子,炉子旁边坐着祖父,垂着一双赤脚,在给厨娘们念信……"泥鳅"在炉子旁边摇着尾巴转来转去……

赏析与品读

契诃夫是俄国19世纪末期批判现实主义作家,他往往凌驾于故事和人物之上,冷静而客观地来述说平凡的小人物的故事,揭露现实社会的丑陋和黑暗。《万卡》用沉静细腻的笔调描写了小主人公万卡无依无靠的悲凉处境。他用独特的视角,借助童工的不幸遭遇,来批判嘲讽当时黑暗的童工制度。不难看出契诃夫在朴实的描写中暗藏着的愤怒和对现实社会的不满。

小说结尾,万卡把没有写上地址的信投出去了,他的举动看似幼稚,却令人笑不出来——他的爷爷永远也不会收到这封饱含着血泪的控诉信。契诃夫的作品幽默中蕴涵着嘲讽,更多的是心酸和哀痛。换一种说法,就是看似喜剧的情节,却包含着凝重沉闷的人生悲剧。

渴睡

● 带着问题读一读,你会收获更多 ●

1. 瓦丽卡为什么渴睡?
2. 瓦丽卡最后的心理状态是怎样的?

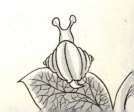

大作家讲的小故事

夜里，十三岁左右的小保姆瓦丽卡摇着摇篮，摇篮里躺一个婴儿。瓦丽卡用几乎听不见的声音在哼着儿歌：睡吧，睡觉觉，我来给你哼小调……

圣像前面点着一盏绿色的神灯。房间里从这一角到那一角拉着一根绳子，绳子上晾挂着许多小孩的尿布片和一条肥大的黑裤子。在神灯的照耀下，天花板上现出一个很大的绿色光斑，尿布片和裤子则在炉子、摇篮和瓦丽卡身上投下一个长长的影子。……神灯摇晃的时候，光斑和影子便活跃起来，移动起来，好像受了风吹似的。房间里很窒闷，有一股白菜汤的气味和皮靴的皮革味。

婴儿在哭。他早已哭得声音嘶哑而且筋疲力尽了，但还是不停地哭，不知道他什么时候才会停止不哭。而瓦丽卡可是困极了，她两只眼睛睁不开，脑袋往下耷拉，脖子酸痛，不论是眼皮还是嘴唇都不能动一动，她觉得她的脸好像干枯了，变成木头了，脑袋也变小了，小得像根大头针的针头一样。

"睡吧，睡觉觉，"她小声哼着，"我会给你做稀粥……"

炉子里有一只蟋蟀在鸣叫。隔壁房间的房门后面，老板和帮工阿法纳西在打鼾……摇篮抱怨似的在吱吱作响。瓦丽卡仍在小声哼着儿歌——所有这一切汇成一支夜间的催眠曲，你躺在床上听听它，该多么甜蜜。可是现在，这种音乐却只能刺激她，让她难受，因为它催人入睡，而这时她是不可以睡觉的。如果现在瓦丽卡万一睡着了，可不得了，老板定会把她痛打一顿。

神灯闪烁不定，绿色的光斑和影子在移动，爬到瓦丽卡那半闭半开、一动不动的眼睛上来了，在她的半睡半醒的脑子里形成一个朦胧的幻影：她看见一片片漆黑的乌云在天空中互相追逐着，并且像婴儿一样在啼哭。不过现在起风了，乌云消散了，瓦丽卡看见一条布满泥泞的宽阔的马路，一路上运货大车络绎不绝，背着行囊的行人蹒跚地走着。有一些不知是什么影子忽前忽后地来回闪动着。马路的两旁透过阴森的寒雾可以看见树木。突然间，背着行囊的人们和影子一齐倒在地上的污泥里。"这是为什么？"瓦丽卡问道。"要睡觉，睡觉！"他们回答她说。于是他们便沉沉地睡着了，睡得很香，而停留在电线上的那些乌鸦和喜鹊却像婴儿一样大声啼哭，竭力要叫醒他们。

"睡吧，睡觉觉，我来给你哼小调……"瓦丽卡哼着，这时她已经知道自己是在一个黑暗而闷气的农舍里了。

她已故的父亲叶菲姆·斯捷潘诺夫躺在地板上翻来覆去。她看不见他，但听得见他痛得在地上打滚的声音和呻吟的声音。据他说，那是"疝气发作"，痛起来非常厉害，连一句话也说不出来，只能吸点气，牙齿就像击鼓似的不断打战：

"卜——卜——卜——卜……"

母亲跑到庄园去找老爷，告诉他叶菲姆快要死了。她已经去了很久，眼下也该回来了。瓦丽卡躺在炉台上，没有睡，而是留心倾听着父亲的"卜——卜——卜"的声音。但很快她就听见有人坐车到农舍这边来了。这是老爷派的一位青年医生来了，这个医生正好从城里到老爷家做客。医生走进农舍，黑暗中看不见他是什么模样，但听得见他的咳嗽声和推门的咔嚓声。

"点上灯。"他说。

"卜——卜——卜……"叶菲姆回答道。

彼拉格娅连忙跑到炉台跟前去找装火柴的破瓦片。静默了一分钟，医生摸了摸口袋，擦亮了一根火柴。

"等一下，老爷，等一下，"彼拉格娅说着，跑出了农舍，不久便拿着一个蜡烛头回来了。

叶菲姆两颊通红，眼睛发亮，目光好像特别尖利，仿佛他既能

大作家讲的小故事

看透农舍,也能看透医生似的。

"喂,怎么样?你这是想干什么?"医生弯下腰对他说。"咳,你这病很久了吗?"

"什么,老爷?我要死了,老爷,大限到了……我不久人世了……"

"你别胡说……我会把你治好的!"

"那就听您的吧,老爷,感激不尽。不过我也明白,既然要死了,那也没办法。"

医生给叶菲姆诊断了一刻钟,然后直起腰来说:

"这病我无法治……你要到医院去,在那里他们会给你做手术,马上就去……一定要去!再晚一点,医院里的人就都睡了。不过,没关系,我给你写张纸条就是了。你听见没有?"

"可是,老爷,他怎么上医院去呢?"彼拉格娅说,"我们没有马。"

"不要紧,我去请求你的主人,他会给你马的。"

医生走了,蜡烛熄灭了,又响起了"卜——卜——卜"的声音。半个钟头后,有人赶着车来到农舍。这是主人派来送病人去医院的一辆小板车。叶菲姆收拾一下行装,便上医院去了……

一个美好、晴朗的早晨马上就要开始了。彼拉格娅不在家,她到医院打听叶菲姆的病情去了。不知什么地方有个婴儿在哭。瓦丽卡听见有人用她的声音在吟唱:睡吧,睡觉觉,我来给你哼小调……

彼拉格娅回来了,她在胸前画十字,并小声说:

"夜里,他们给他做了手术,可是到早晨,他就把灵魂交给上帝了……但愿他升入天堂,永远安息……他们说,病治得太晚了……本该早点治才对……"

瓦丽卡跑到树林里去,在那里哭泣。不过突然有人朝她后脑壳猛击了一下,使她一头撞在桦树上。她抬起眼睛一看,鞋匠(即她的老板)就站在她面前。

"你这是怎么搞的,可恶的丫头?"他说。"孩子在哭,你却在睡觉?"

他狠狠地拧她的耳朵。她甩甩头,接着就摇起摇篮来,并哼那首儿歌。绿色的光斑、裤子和尿布的影子在摇晃,在她面前闪烁,这些东西很快又控制了她的脑子,于是她又看见了那条布满泥泞的马路。背着行囊的人们和影子已经躺下,并且沉沉地睡着了。瓦丽卡看着他们,也非常想睡觉。舒舒服服地躺下去多好啊。可是母亲彼拉格娅就在她身旁,并催促她快走。她们俩要赶快进城去找活干。

"看在基督分上,施舍一点儿吧!"母亲见人便央求道。"行行好吧,善心的老爷!"

"把孩子抱过来!"一个熟悉的声音回答她说。"把孩子抱过来!"那个声音又重复了一遍,不过这回是又生气又尖刻了。"你睡着了,贱货?"

瓦丽卡跳了起来,向四周张望了一下,才明白是怎么一回事。既没有马路,也没有彼拉格娅,更没有碰到的行人,只有老板娘一个人站在房间中央,她是来给自己的孩子喂奶的。在这个身材矮胖、肩膀很宽的老板娘喂奶和哄孩子睡觉的时候,瓦丽卡便站在那里瞧着她。等到她喂完奶后,窗外的空气已变蓝了,天花板上的影子和绿色光斑也已明显变白:早晨就要来临了。

"接过去!"老板娘一面说,一面系好胸前衬衫的扣子,"他老哭,准是被毒眼看坏的。"

瓦丽卡接过孩子,把他放在摇篮里,又开始摇起来。绿色的光

大作家讲的小故事

斑和影子渐渐消失了,再也没有什么东西钻进她的脑袋,使她头脑发晕了,可她还是像以前那样很想睡觉,困得要命!瓦丽卡把头搁在摇篮边上,用全身力量摇它,想把瞌睡压下去。但是,眼皮仍旧粘在一起,脑袋还是晕沉沉的。

"瓦丽卡,生炉子去!"门后面传来了老板的声音。

就是说,已经到了起床的时间,要开始干活了。瓦丽卡撂下摇篮,跑到棚子里去搬木柴。她很高兴,因为跑一跑,走一走,就不像坐着那么想睡觉了。她抱回木柴,生起炉子,便觉得那麻木了的脸又舒展起来了,思想也清晰了。

"瓦丽卡,把茶炊搁上去!"老板娘喊道。

瓦丽卡劈了一些碎木片,刚把它点着,送进炉子里,又听见了新的命令:

"瓦丽卡,去把老板的套鞋擦擦干净。"

她在地板上坐下来擦套鞋,并且在想:要是把头伸进这又大又深的套鞋里去,在里面小睡一会儿,该多好啊……突然,套鞋长大起来,膨胀起来,填满了整个房间。瓦丽卡丢下刷子,但立刻又摇摇头,瞪大眼睛,努力看住这些东西,免得它们长大和在她眼前晃动。

"瓦丽卡,去把外面的楼梯洗一洗,否则让顾客看见多不好意思!"

瓦丽卡便去洗楼梯,去收拾房间,然后再生另一个炉子,跑小店去买东西。活儿太多,连一分钟的空闲时间都没有。

不过,最难受的还是站在厨房桌子跟前削土豆皮:脑袋往桌子上耷拉,土豆在眼前滚动,刀子从手里掉下来,而那个爱生气的矮胖的老板娘卷起袖子就在她身旁走来走去,说话是那么大声,弄得耳朵嗡嗡直响。伺候他们吃饭、洗衣服、缝补衣服同样也是苦差

16

事。有时候真想什么事都不管，就躺在地板上睡它一觉。

一天就要过去，眼看窗户正在暗下来。瓦丽卡按住自己那麻木了的太阳穴，微笑着，连她自己也弄不清笑什么。黄昏的幽暗抚摸着她那已经睁不开的眼睛，许诺她不久就可以酣睡一顿了。晚上老板家里来了一些客人。

"瓦丽卡，把茶炊烧上！"老板娘喊道。

老板家的茶炊很小，招待一次客人，得烧上五次茶。他们喝完茶之后，瓦丽卡还得在原地呆呆地站上一个小时，伺候客人，等待吩咐。

"瓦丽卡，快跑去买三瓶啤酒来！"

她拔腿就跑，而且跑得尽量快一些，才能驱走渴睡。

"瓦丽卡，快跑去买瓶伏特加酒！瓦丽卡，开塞器在哪儿？瓦丽卡，去把鲱鱼收拾干净！"

最后，客人终于走了，灯也熄灭了，老板夫妇便回房睡觉去了。

"瓦丽卡，摇孩子的摇篮去！"传来了最后一道命令。

一只蟋蟀在炉子里鸣叫。天花板上的绿色光斑、裤子和尿布的影子又在瓦丽卡半闭半开的眼睛里爬动，闪闪烁烁，使她头脑发晕。

"睡吧，睡觉觉，"她小声哼着，"我来给你哼小调……"

而婴儿却不停地哭，哭得声嘶力竭。瓦丽卡重又看见了那条泥泞路、背着行囊的人、彼拉格娅、父亲叶菲姆。她什么都明白，所有的人她都认得，但在半睡半醒中，就是闹不清楚，是什么力量捆住了她的手脚，压得她喘不过气来，不让她活下去。她环顾四周，在寻找这种力量，希望能从中解脱出来。可是找不到。后来，筋疲力尽的她，使出全身力气和视力，望着上面那个闪闪烁烁的绿色光斑，听着婴儿的哭声，终于找到了那个妨碍她活下去的敌人。

大作家讲的小故事

这敌人——就是这个婴儿。

她笑了。她感到奇怪的是，这么一件小事，以前怎么就不明白呢？那些绿色的光斑、影子和那只蟋蟀好像也在笑，也感到奇怪。

一个邪念控制了瓦丽卡。她从凳子上站起身来，咧开大嘴笑着，连眼睛也不眨一下，在房间里踱起步来。由于想到马上就可以摆脱这个束缚她手脚的婴儿，她觉得非常愉快，心里痒酥酥的……弄死这个婴儿，然后就睡觉，睡觉，睡觉……

瓦丽卡笑着，挤挤眼，用手指威胁着绿色的光斑，悄悄地走到摇篮跟前，弯下腰凑近婴儿。她把婴儿掐死之后，速即躺在地板上，高兴得大笑起来，因为她终于可以睡觉了。一分钟后，她已熟睡得像死人一样了……

赏析与品读

契诃夫笔下的小女佣瓦丽卡非常可怜，也深深地令人同情。她的命运，也是千千万万个穷人生活的写照。契诃夫在这篇小说中，运用了幻写的手法，来表达小女佣瓦丽卡的内心世界，同时也凸显了瓦丽卡在恐惧和不安的生存下的迷失朦胧状态。"那块绿斑和阴影动起来，扑进瓦丽卡的半睁半闭的、呆瞪瞪的眼睛里，在她那半睡半醒的脑子里化成朦胧的幻影，她看见乌云在天空互相追逐，跟孩子一样地啼哭。"这些描述，让我们深深地沉浸在瓦尔卡悲惨的生活状态之中，为了不让她照顾的孩子哭泣，她连熟睡的机会都没有。

小说的结局令人震撼，可怜的小女佣瓦丽卡为了睡个安稳觉，把小男孩掐死了，一分钟后，她已经熟睡得像死人一样了……触目惊心的省略号让读者陷入了更加悲痛的沉闷之中。

一个文官之死

● 带着问题读一读,你会收获更多 ●

1. 切尔维亚科夫为什么惶恐不安?
2. 切尔维亚科夫的结局说明了什么?

大作家讲的小故事

在一个美好的晚上,有一位同样美好的庶务官伊万·德米特里奇·切尔维亚科夫,他坐在第二排的椅子上,用望远镜在看《柯涅维勒的钟》①。他看着戏,感到无上幸福。可是忽然……故事里常常会碰到这个"可是忽然"。作者们没有错:生活中充满许多意外的事!可是忽然他的脸皱了起来,两只眼睛翻腾着,呼吸停住……他摘下望远镜,低下头,便……阿嚏!!!诸位看见,他打了个喷嚏。不管是谁,也不管是什么地方,打喷嚏是不禁止的。农夫打喷嚏,警察局长也打喷嚏,就连三品文官有时也打喷嚏。大家都打喷嚏。切尔维亚科夫丝毫不感到难为情,拿手绢擦了擦脸,像有礼貌的人那样,向周围瞧了一眼,看看自己的喷嚏是否打扰了别人。可就在此时,他不安起来了。他看见坐在他前面第一排的一个小老头正用手套使劲地拭擦自己的秃头和脖子,并小声嘟哝着。切尔维亚科夫认出这个小老头是在交通部任职的文职将军②勃里兹扎洛夫。

"我打喷嚏溅到他身上了!"切尔维亚科夫想。"他虽不是我的上司。而是别的部门的人,但终究使人尴尬,应该去赔个不是才对。"

"对不起,大人,我打喷嚏溅到您身上了……我不是有意的……"

"没关系,没关系……"

"看在上帝面上,请您原谅。我本来……我是无意的!"

"哎呀,请您坐下吧!让我听戏!"

切尔维亚科夫感到很难为情,傻笑着,开始看着舞台,他虽然在看,但已索然无味了。惶恐不安的心情开始折磨他。等到休息时

① 一个三幕小歌剧。
② 沙俄时代三四级文官与少将武职相当,故也称将军。

大作家讲的小故事

间，他便跑到勃里兹扎洛夫跟前，挨近他，克制着畏惧心情，低声地说：

"我打喷嚏溅到您身上了，大人……请您原谅，我本来……这不是……"

"哎呀，够了……这事我已经忘记了，而您还没完没了！"将军说道，下嘴唇不耐烦地抖动了一下。

"忘记了，可他的眼睛里却有一种凶兆。"切尔维亚科夫想道，狐疑地看着将军。"他连话都不想说。需要向他解释清楚，我完全是无意的……这是自然规律。否则他会以为我是有意啐他。他现在不这么想，过后也会这么想的！……"

回到家里，切尔维亚科夫把自己不礼貌的举止告诉了妻子。他觉得妻子对所发生的这件事过于轻率。她先是大吃一惊，后来得知勃里兹扎洛夫是"别的单位的人"，就放心了。

"好歹你还是去道个歉吧！"她说，"他会以为你在公共场合不善于控制自己！"

"说的是啊！我道歉了，可他不知为什么有点儿怪……连一句中听的话也没有说，不过当时也没有工夫交谈。"

第二天，切尔维亚科夫穿上新的文官制服，理了发，便到勃里兹扎洛夫家里去解释……走进将军的客厅里，看见那儿有许多求将军办事的人。将军本人就在他们中间，他已经开始接受他们的呈文了。将军询问了几个请求人之后，便抬起眼睛看切尔维亚科夫。

"大人，要是您还记得起来的话，昨天在'快乐之邦'戏院，"庶务官开始报告说，"我打了个喷嚏，于是……无意中溅了您……对不起……"

"多么肤浅的思想……上帝知道是怎么一回事！您有什么事？"将军对下一个请求办事的人说。

"他连话都不愿意跟我说！"切尔维亚科夫想道，脸色苍白。"就是说，他生气了……不行，这事不能就此丢下……我得去向他解释……"

当将军同最后一个求他办事的人谈完话，正朝室内走去时，切尔维亚科夫迈一步跟在他的后面，低声地说：

"大人，即或我斗胆地打搅了您，那我也可以说完全是出于悔过的心情……不是有意的，您要了解才好！"

将军做出哭丧的脸，一挥手说：

"您简直就是在开玩笑，先生！"他说完便走到门后面去了。

"这怎么是开玩笑呢？"切尔维亚科夫想了想，"这里毫无开玩笑的意思！一位将军，却不能理解！既然是这样，我就再也不向这个爱夸口的人赔不是了！去他的吧！我给他写封信，再也不来了！真的，再不来了！"

切尔维亚科夫这样想着走回家去。他给将军的信没有写成。他想啊，想啊，无论如何也想不好这封信怎么写，只好第二天亲自去解释。

"我昨天才打搅了大人，"当将军抬起探询的眼睛看着他时，他低声说道，"并不是像您说的那样为了开玩笑，我是来赔不是的，因为我打喷嚏时，溅到您身上……至于开玩笑嘛，我连想都没有想过。我敢开玩笑吗？如果我们开玩笑，那就意味着我对要人……没有一点敬意了……"

"滚出去！"将军突然大喊一声，脸色发紫，全身颤抖起来。

"什么？"切尔维亚科夫低声问道，吓得发呆了。

"滚出去！"将军跺起脚来，重复一遍。

切尔维亚科夫肚子里好像什么东西掉了下来。他什么也看不见，什么也听不见，倒退到门口，走到街上，步履蹒跚……机械地回到家里，没有脱去制服，躺在沙发上，就……死了。

大作家讲的小故事

赏析与品读

　　契诃夫擅长描写小人物的生活，展示他们在俄国社会中的悲惨处境。对小人物的态度，哀其不幸，却也怒其不争。一个文官之死，在反映其悲惨命运的同时，也批判了他的奴性心理。因为一个喷嚏而飞溅的唾沫，让小文官吓得不轻，且惶且恐，以为冒犯了将军。"他虽然在看，但已索然无味了。惶恐不安的心情开始折磨他。"这种心情无限制地蔓延，导致小文官执着地要向将军申诉自己的无辜。

　　小说通过人物的语言，动作、心理和神态的描写，淋漓尽致地展示了小文官的内心世界。小文官死了，被一个喷嚏的唾沫淹死了，这是何其不幸啊！小说反映了当时社会的极端恐怖所造成的人们的精神异化、性格扭曲及心理变态，表明了作者对黑暗势力的抵抗情绪。

戴假面具的人

● 带着问题读一读，你会收获更多 ●

1. 戴假面具的人是谁？他为什么要在阅览室中吵闹？
2. 知识分子们前后态度的变化说明了什么？

大作家讲的小故事

在某某公共俱乐部里,以慈善事业募捐为目的,举行了一次假面舞会,或者按当地小姐们的说法,叫做化装舞会。

深夜十二点时,几个不跳舞从而也没戴假面具的知识分子(他们有五个人)坐在阅览室一张大桌子的旁边,有的在埋头看报,有的在打盹。按京城报纸驻当地记者——一位颇为自由主义的先生的说法,他们是"在思考"。

从大厅里传来卡德里尔①舞曲的音响。仆役们常在门边跑来跑去,发出响亮的踏步声和盘碟的叮当声。阅览室里却是一片静寂。

"这里好像更便当些!"忽然响起一种低沉而又暗哑的声音,就好像是从炉子里面发出来的。"到这边来玩,到这边来,朋友们!"

门打开了,一个宽肩、敦实的男子走进阅览室来,他穿着马车夫的号衣,帽子上插着孔雀的羽毛,脸上戴着假面具。跟着他进来的是两位戴假面具的女士和一个端着托盘的仆人。托盘上有一个盛着烈性酒的大肚瓶和三瓶红酒,以及几个杯子。

"到这边来,这里凉快一些。"那位男子说。"把托盘放到桌子上去……小姐们,请坐!热——武——普利——阿——里亚——特里蒙特兰②!而你们,几位先生,请让开……这里没有你们的事了!"

那男子身体一歪,手一挥,把那些杂志从桌子上扫掉。

"把托盘放在这里!而你们,读者先生们,请让开,这里不是看报和搞政治的地方……你们都别看了!"

"我请您安静一点。"其中的一个知识分子说,透过眼镜打量了一下戴假面具的人。"这里是阅览室,而不是小吃部……这里不是喝酒的地方。"

① 一种双人交际舞。
② 原文为法文:我要像招待王后一样招待你们。

"为什么不是喝酒的地方？莫非是桌子在摇晃，或者是天花板要塌了？怪事！不过……我没有工夫跟你们闲扯！你们就别看报了……看了一些，你们也够用了，就这样，你们也已经很聪明了，何况看报要伤眼睛。而最重要的是，我不想让你们看了。就这么一回事。"

仆役把托盘放在桌子上，把餐巾搭在胳膊上，便到门边站着。两位女士马上就倒出红葡萄酒来喝。

"世上竟有如此聪明的人，对他们来说，报纸要比这些美酒更好。"那帽子上插着孔雀羽毛的男子一边给自己斟上烈性酒，一边开始说，"可在我看来，你们，尊敬的先生们，爱看报是因为你们没有钱喝酒。我说得对吗？哈哈！……都在看报！可是报纸上都写些什么呢，戴眼镜的先生们？你们都看到了什么事实呢？哈哈！所以，你们就别看了！别再装模作样了！最好还是来喝杯酒吧！"

帽子上插着孔雀羽毛的男子欠起身来，一下子从戴眼镜的先生手里把报纸夺了过来，这位先生被气得脸色一阵红一阵白，惊讶地瞧着其他知识分子，而那些知识分子则同样地瞧着他。

"您忘乎所以了，阁下！"他愤怒地说，"您把阅览室当成了酒馆，您肆无忌惮地胡作非为，竟从我手里把报纸夺过去！我不能容忍！您不知道您这是在跟谁较量，阁下，我可是银行经理热斯佳科夫！……"

"我可不管你是什么热斯佳科夫！至于你的报纸嘛，瞧，我可以给它这样的荣耀……"

"先生们，这是什么意思？"热斯佳科夫喃喃地说，一时被惊呆了。"这真荒唐……这……简直不可思议……"

"他老人家生气了，"那男子笑起来。"啊呀呀，我被吓坏了！我的双腿都发颤了。尊敬的先生们，不开玩笑了，我可没有心思跟你

大作家讲的小故事

们闲扯……是这么回事：就因为我想单独和这两位小姐在这里待一会儿，得到一点乐趣，所以请你们不要碍手碍脚，都离开这里……请吧！别列布兴先生，滚你的蛋吧！干吗要皱起你的丑脸？我叫你滚，你就得滚！快点滚吧，否则你要当心，说不准会挨一顿揍！"

"这到底是怎么啦？"保护孤儿法庭财务主任别列布兴问道，他被气得满脸通红，直耸肩膀。"我简直不明白……一个无赖闯到这里来……还……突然说出这种混账话。"

"什么是无赖？"插孔雀羽毛的男子大喊一声，火冒三丈，一拳打在桌子上，托盘上的杯子被震得蹦起来。"你是在对谁说话？你以为我带着假面具，你就可以对我胡说八道了吗？好一个刻薄刁钻的家伙！我既然叫你滚，你就滚！银行经理，你也趁现在还没有出事，赶快滚出去！你们全都滚出去，哪一个坏蛋也不许留在这里！赶快滚吧！"

"咱们这就等着瞧吧！"热斯佳科夫说道，激动得连眼镜都蒙上了一层水汽。"我要给你一点厉害看！快去把值班警察队长叫来！"

过了一会儿，小个子红头发的警察队长进来了。他上衣的翻领子上缝了一块蓝布带，由于刚跳了舞，还没有喘过气来。

"请您出去！"他开始发话，"这里不是喝酒的地方，请您到小卖部去！"

"你是从哪里跳出来的？"戴假面具的男子问道。"难道我叫你了吗？"

"请您不要你呀你呀的，请您出去！"

"我说，亲爱的，我给你一分钟的时间……因为你是队长，算是个负责人，就请你拉着这些能人的手，把他们领出去，我的两位小姐不喜欢这里有旁人在……她们会感到不好意思。而我花了钱，就希望能看到她们的自然姿态。"

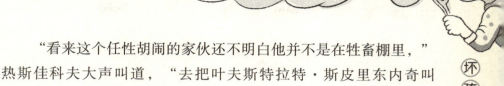

"看来这个任性胡闹的家伙还不明白他并不是在牲畜棚里,"热斯佳科夫大声叫道,"去把叶夫斯特拉特·斯皮里东内奇叫来!"

"叶夫斯特拉特!"俱乐部里响起了呼叫声。"叶夫斯特拉特·斯皮里东内奇在哪里?"

叶夫斯特拉特·斯皮里东内奇是一个穿警服的老头,他应声迅速来了。

"请您离开这里!"他哑着嗓子说,瞪着一双可怕的眼睛,抹了油膏的胡子在微微颤动。

"这可把我吓坏了!"那男子说,乐得哈哈大笑起来。"真的是把我吓坏了!还真有这种可怕的东西,不信就让上帝打杀我好了!瞧那胡子,就像猫的胡子,两只眼睛就要鼓出来了……嘻嘻嘻!"

"少废话!"叶夫斯特拉特·斯皮里东内奇气得全身哆嗦,声嘶力竭地喊道。"滚出去!不然我就叫人把你架出去!"

阅览室里响起了一阵无法想象的喧嚣声。叶夫斯特拉特·斯皮里东内奇的脸红得像龙虾似的,大喊大叫起来,不停地跺脚。热斯佳科夫也在叫喊,别列布兴也在叫喊,所有的知识分子都在叫喊,但是他们的所有的叫喊声都被戴假面具的人的低沉、浑厚,压低了的男低音盖住了。舞会被霎时的一团混乱中断了,群众纷纷从舞厅拥向阅览室。

叶夫斯特拉特·斯皮里东内奇为了自己的尊严,召集了在俱乐部的所有警察,并坐下来进行笔录。

"你写,你写,"戴假面具的人用手指在他的笔下面指指点点地说。"现在我这个可怜虫将是什么下场呢?我真是个可怜虫!您干吗要毁掉我这个孤儿呢?哈哈。喂,怎么啦?笔录做好了

大作家讲的小故事

吗？全都记上了？好吧，你们现在就瞧一瞧吧！……一……二……三！！"

那男子站起来，全身挺直，摘下自己的假面具。他露出了自己的醉脸，看着大家，欣赏所产生的效果。他倒在圈椅里，高兴地放声大笑。而所产生的效果也的确非同寻常。所有的知识分子都张皇失措地面面相觑，脸色发白，有的还在挠后脑壳呢。叶夫斯特拉特·斯皮里东内奇像是干了意外的大蠢事的人那样，后悔地发出呷呷声。

大家都认出来了，这个爱胡闹捣乱的人正是当地的百万富翁、工厂主、世袭荣誉公民①皮亚季戈罗夫。他之所以大名鼎鼎，是因为他既喜欢捣乱闹事，又热心慈善事业，同时正如地方通报上多次报道的，他还喜爱教育事业。

"怎么样，你们走开还是不走？"沉默了一会儿之后，皮亚季戈罗夫问道。

那些知识分子一句话也不敢说，踮起脚尖，默默地从阅览室里走出去了。皮亚季戈罗夫随后便把门锁上了。

"你当然早就知道这是皮亚季戈罗夫！"过了片刻，叶夫斯特拉特·斯皮里东内奇摇了摇给阅览室送酒的那个仆役的肩膀，低声沙哑地说。"你为什么不说？"

"吩咐过不许说，长官！"

"吩咐过不许说……等我把你这该死的家伙送进牢里几个月后，你就知道什么叫'不许说'了。滚出去！而你们呢，诸位先生，你们倒好，"他又转过身来对那几位知识分子说。"居然造起反来了，连离开阅览室十分钟都不肯！现在你们就去收拾这个烂摊子吧。唉，先生们，先生们……我可不喜欢，真的！"

---

① 旧俄时代，因功勋或某种特殊资格而授予非贵族出身的人的称号。

那些知识分子在俱乐部周边走来走去，垂头丧气，惘然若失，心里充满愧疚，絮絮叨叨，好像预感到大难就要临头了……他们的妻子和女儿听说皮亚季戈罗夫"受了委屈"，而且生气了，一个个都不敢出声，纷纷散去，各自回家了。舞会也停止了。

深夜两点钟，皮亚季戈罗夫才从阅览室里走出来。他还是醉醺醺的，走路摇摇晃晃，一进大厅便坐在乐器旁边，在音乐的陪伴下打起盹来，然后忧郁地垂下了头，开始打鼾了。

"别演奏了！"乐队队长对乐队队员挥手说，"嘘！……叶戈尔·尼雷奇[①]睡着了……"

"请问，要不要送您老回家去，叶戈尔·尼雷奇？"别列布兴俯身凑到百万富翁的耳边问道。

皮亚季戈罗夫的嘴唇做了一个动作，好像要把脸颊上的苍蝇吹走似的。

"请问，要不要送您老回家去，"别列布兴又重复说一遍。"或者，叫他们备好马车？"

"啥？谁？你……你有什么事？"

"送您老人家回家去……该睡觉啦……"

"我想回——回家……送我回家！"

别列布兴高兴得喜笑颜开，立马动手去搀扶皮亚季戈罗夫，其他几个知识分子也跑了过来，高兴地微笑着把这位世袭荣誉公民扶起来，小心翼翼地把他送到马车上。

"要知道，像这般地愚弄一大群人，只有演员和天才才能做到。"热斯佳科夫一边扶他坐下，一边快活地说。"我真的很惊讶，叶戈尔·尼雷奇！直到现在我都还忍不住要笑……哈哈……而

[①] 皮亚季戈罗夫的别称。

大作家讲的小故事

我们呢，却居然大动肝火，乱成一团！……哈哈！您相信吗？就是在剧院里，我们也从来没有这样地笑过……真是滑稽极了！这个难忘的夜晚，我将终生记住！"

把皮亚季戈罗夫送回家之后，这些知识分子着实快活了一阵，并终于放下心来。

"他还伸手跟我握别呢，"十分得意的热斯佳科夫说道。"这就意味着，没有事了，他没有生气……"

"谢天谢地！"叶夫斯特拉特·斯皮里东内奇叹口气说。"一个无赖，无耻之徒，可他偏偏又是个慈善家，不是吗？真没法说！……"

赏析与品读

在契诃夫如鹰一样锐利的目光下，任意鲜亮的、富贵的、奇妙的假面，都会被戳破，显露出其卑微、庸俗、渺小和肮脏的真实面目。作家随着时日的推进对人生的认识逐渐深化，从而更精确地揭示出人物表象与内里的不一致和矛盾，以引起读者的共鸣。

小说《戴假面具的人》以热闹的舞会为引子，用安静的阅览室为场地，在动与静充满对立的背景中，彰显出了一群知识分子在高雅的表象中，隐藏着的一些阴暗、丑陋的内里。当百万富翁皮亚季戈罗夫隐把假面卸下时，"他露出了自己的醉脸，看着大家，欣赏所产生的效果"。正如皮亚季戈洛夫预料的那样——所产生的效果也的确非同寻常。所有的知识分子都张皇失措地面面相觑，脸色发白……契诃夫正是用这种辛辣的讽刺和浅浅的幽默，抓准了人物性格和言行中的内在不一致性。

套中人

● 带着问题读一读,你会收获更多 ●

1. 别里科夫为什么总是把自己装在套子里?
2. 别里科夫的故事说明了什么?

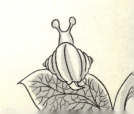

大作家讲的小故事

打猎误了时的人们就在米罗诺西茨科耶村边普罗科菲村长的杂物房里歇宿了。他们只有两个人：兽医伊万·伊万内奇和中学教师布尔金。伊万·伊万内奇有一个相当奇怪的双姓——奇姆沙-吉马莱斯基，这个姓对他很不合适。全省的人都只叫他的名字和父称。他住在城郊一个养马场里，这次出来打猎，是为了呼吸一点新鲜空气。中学教师布尔金则是每年夏天都要到π伯爵家来做客的，对这个地方他早就很熟悉了。

他们都没有睡。伊万·伊万内奇是一个高高瘦瘦的老头，留着很长的唇髭，在门口脸朝外坐着，叼着烟斗，沐浴着月光。布尔金躺在里面的干草上，在黑暗中看不见他。

他们在聊天。顺便谈到了村长的老婆玛芙拉。她是一位健康的女人，也不笨，但她一辈子从来没有走出过自己的村子，从来没有见过城市，也没有见过铁路，近十年来总是守着炉灶，只有晚上才到外面走一走。

"这有什么奇怪的呢！"布尔金说，"生性孤独的人就像寄生蟹一样，竭力缩进自己的硬壳里去。在这个世界上这种人还不少哩。也许这是一种返祖现象，想重新回到人类祖先那个还不是群居而是各自单独地穴居的动物时代，也可能这只是人类各种性格的一种类型吧——谁知道呢？我不是自然科学家，论及这类问题并不是我的事。我只想说，像玛芙拉这样的人并不是罕见的现象。瞧，无须到远处去找，我们城里就有一个别里科夫，他是希腊语教师，我的一位同事，大约在两个月之前去世了。关于他的事，您当然也听说过。他之所以与众不同，是因为，即使在非常好的天气里，外出时他也要穿上套鞋、带上雨伞，而且一定要穿上暖和的棉衣。他的雨伞也装在套子里，表也装在灰色麂皮的套子里。当他拿出小折刀来削铅笔时，这小折刀也是装在小套子里的。他老是把他的脸躲在竖起的衣领里。因此他的脸也好像藏在套子里了。他戴一副黑眼镜，穿着绒衣，用棉花塞着耳朵。当他坐上马车时，就立即吩咐把车篷支起来。总而言之，在这个人身上可以看到一种一贯的、不可遏止的愿望：用一层外壳把自己包起来，为自己制作一个所谓的套子，把自己隔离起来，免受外界的影响。现实生活刺激他，使他害怕，他老是处在惶恐不安之中。也许是为自己的这种胆怯、为自己排斥现实世界作辩护吧，他老是赞扬过去，赞扬那从未有过的东西。就是他所教授的那些古代语言，对他来说，实际上也和他的套鞋和雨伞一样，是用以躲避现实生活的。

"'啊！希腊语多么好听，多么优美！'他带着一种甜蜜蜜的表情说，并且好像要证明自己的话似的，眯起眼睛，伸出一只手指，念出一个词'安特罗波斯'①！

"别里科夫甚至连思想也极力藏在套子里。对他来说，只有那些告示和有关禁令的报纸文章才是明白无疑的。当他看到禁止学生晚上九点钟以后上街的告示，或者是禁止性爱的文章时，他就觉得又清楚又明白：禁止就是了。而对于那些得到批准和许可的事情，他却觉得有些可疑的成分，觉得没有说透和模糊不清。每当城里获准成立一个戏剧小组或者阅览室，或者茶馆时，他总是摇摇头，并小声说：

"'当然，这固然很好，只是千万别闹出什么乱子来啊！'

"任何违反法令、偏离常规、不合规则的事都会使他精神沮丧，虽然这些事看来与他并不相干。如果同事中有谁参加祈祷迟到了，或者听到中学生调皮捣蛋的传闻，再不就是有人看到女子中学的女学监同军官玩得太晚，他都会非常激动，并且不停地说：千万别闹出什么乱子来啊。在各种教务会议上，他那种谨慎、神经过敏

---

① 希腊语"人"的俄语读音。

大作家讲的小故事

和纯粹套子式的意见，简直使我们感到难受。说什么不论是男子中学还是女子中学的青年品行都很坏，在教室里吵吵嚷嚷。唉，千万别让上司知道了！唉，千万别闹出什么乱子来啊！还说什么，如果把二年级的彼得罗夫和四年级的叶戈罗夫开除，那倒很好。后来呢，他用叹息、牢骚及其苍白的小脸（您知道吗，那脸就像是黄鼠狼的脸）上的黑眼镜，使我们大家都折服了。我们让步了，扣了彼得罗夫和叶戈罗夫的操行分数，把他们禁闭起来，最后终于把他们开除了。他有一种奇怪的习惯，经常到我们的住所来。他每到一个教师家，都是坐着，不说话，好像在观察什么似的。就这样默默地坐上个把小时。然后走掉。他把这称作'与同事们保持良好的关系'。显然，到我们这里来坐着，在他也是很难受的。他之所以来看我们，只是因为他觉得他对同事有这种义务罢了。我们教师们都怕他，连校长也怕他。您瞧，也难怪，我们这些教师都是有思想的、极正派的人，受过屠格涅夫和谢德林的培育。但是，这个老是穿着套鞋、带着雨伞的人却把整个中学禁锢了整整十五年！不光禁锢中学，还禁锢了全城。由于怕他知道，我们的太太们连星期日的家庭戏剧晚会也不举行了。他在的时候，牧师们不敢吃荤和玩牌。在别里科夫这种人的影响下，最近十至十五年来，我们城里人变得什么都害怕，不敢大声说话，不敢寄信，不敢与人相识，不敢读书，不敢帮助穷人，不敢教人知书识字……"

伊万·伊万内奇想说点什么，清了清喉咙，但先点燃了烟斗，看了看月亮，然后才从容不迫地说：

"是啊，有思想、正派，读谢德林和屠格涅夫的作品，还读巴克尔①等人的书，可是，他们却屈服、容忍这种事……问题就在这里。"

---

① 巴克尔（1821—1862），英国历史学家，社会学地理学派的代表人物。

"别里科夫和我住在同一所房子里。"布尔金接着说,"在同一层楼上,门对着门。我们常见面,我知道他家里的生活。在家里他也是那一套:睡衣、睡帽、护窗板、门闩,一系列清规戒律,还有:唉,千万别闹出什么乱子来啊!素食有害,吃荤又不行,因为人家也许会说,别里科夫不坚持斋戒,于是他就吃奶油煎的鲈鱼,这既不是素食,但也不能说是荤菜。他不雇女佣,因为他怕别人对他有坏的想法,所以他雇一个六十岁上下、神志不清、性情乖张的老头子阿法纳西做他的厨子。此人以前当过勤务兵,好歹能做点饭菜。阿法纳西总是双手交叉在胸前,站在门口,长叹一声,悄悄地重复着一句话:

"'时下他们这样的人多得很哩!'

"别里科夫的卧室很小,就像一个箱子,床铺挂着蚊帐。他一上床就把头蒙上,又热又闷,风抽打着关闭着的门,炉子发出嗡嗡声,从厨房里传来叹息声,不祥的叹息声……

"他躺在被窝里心里很害怕。他害怕会出什么乱子,害怕阿法纳西把他宰了,害怕小偷溜进来,然后是整夜做噩梦。早晨,我们一同到学校去的时候,他无精打采,脸色发白。看得出来,他害怕他所去的那个有很多人的学校,非常厌恶。跟我走在一起,对他这个性情孤僻的人来说,也很难受。

"'我们的班级里学生闹得很,'他说,好像是在尽力寻找说明他难受的理由似的,'真不像话。'

"就是这个希腊语教师,这个套中人,您猜怎么着,还差点儿结了婚。"

伊万·伊万内奇很快地扫了一眼杂物房,说:

"您在开玩笑!"

"真的,尽管您觉得很奇怪,但他的确差点儿结了婚。我们这里来了位新的史地教师,名叫米哈依尔·萨维奇·柯瓦连科,是乌

大作家讲的小故事

克兰人,他不是一个人来的,而是带着他的姐姐瓦莲卡一起来的。他年纪很轻,高个子,皮肤黝黑,一双手很大,从脸上就可以看出他是男低音。果然,他的嗓音像从大桶里发出来的:'嘭,嘭,嘭!'……而她呢,可不算年轻了,大概有三十岁了,不过她个子很高,身材匀称,黑黑的眉毛,两颊红润,总之,她已不是一位姑娘,而是一块水果软糖,伶俐活泼,爱说爱笑,老是哼着小俄罗斯的浪漫歌曲,并且高声大笑,动不动就'哈哈哈',笑起来。我记得,我们同柯瓦连科姐弟的初次相识是在校长命名日的宴会上。在那些拘谨的、甚至把赴命名日宴会也看做是尽义务的、紧张而又乏味的人中间,我们突然看见一位新的阿芙洛狄忒①,从泡沫里复活了:她双手叉腰地走着,又笑又唱,跳起舞来……她动情地唱着《风儿在吹》,然后又唱浪漫歌曲,接着又唱一支。她使我们所有的人,甚至连别里科夫,都被迷住了。别里科夫靠近她坐下,甜蜜地笑着说:

"'小俄罗斯语言柔美,响亮动听,使人想起古希腊语。'

"这些话使她感到很愉快,于是她便热情而恳切地对他讲起她们加嘉奇县有个庄子,她妈就住在这个庄子里。庄子里有多么好的梨,多么好的香瓜,多么好的卡巴克!乌克兰人把南瓜称为卡巴克,把酒馆称作什诺克。他们拿红甜菜和茄子煮红甜菜汤。'很好吃,很好吃,简直好吃极了!'

"我们听着,听着,忽然,大家都想到一块儿了。

"'他们结成夫妻该多好啊。'校长夫人小声地对我说。

"不知何故,我们大家都想起来了:我们的别里科夫还没有结婚。这时我也感到奇怪,他生活里的这件大事,我们以前怎么竟会

---

① 希腊神话中爱与美的女神,她在海水的泡沫里诞生。

没有注意，一直忽略了呢？他对女人一般会持什么态度呢？他又将如何解决这一迫切问题呢？以前我们全然没有关心这件事，也许连想也没有想过，这个不论什么天气都穿着套鞋、放下帐子睡觉的人也会恋爱。

"'他早已过了四十岁，而她也三十了……'校长夫人说自己的想法，'我觉得，她肯嫁给他。'

"在我们省里，由于烦闷无聊，什么事没做出来呀，有过多少不必要的蠢事啊！这是因为，必要的事大家根本不做。瞧，就拿这个别里科夫来说吧，既然大家甚至不能想象他可以结婚，我们又何必突然要去撮合他们的婚事呢？校长夫人、副校长夫人以及我们中学的所有的太太们都活跃起来了，甚至比以前变得好看多了，好像突然间发现了自己的生活目标似的。校长夫人在戏院里租了一个包厢。我们一看，坐在包厢里的原来是瓦莲卡，她摇着那么一把小扇子，容光焕发，满面笑容。坐在她旁边的是别里科夫，矮小、驼背，就像人家用钳子把他从家里夹出来的。我在家里办了一个小小的晚会，而太太们却要求我一定要邀请别里科夫和瓦莲卡参加。总之，机器开动起来了。看来，瓦莲卡并不反对出嫁，她在弟弟家里过得并不十分快活，他们整天都是又吵又骂的。您看看下面一个场面吧：柯瓦连科在大街上走着，他是一个又高又壮的大个子，穿一件绣花汗衫，帽子下面露出一绺长发耷拉在额门上，一只手提着一捆书，另一手拿着一根带节疤的粗木棍。姐姐跟在他后面，也拿着书。

"'你啊，米哈伊里克[①]，这本书你绝对没有读过！'她大声争辩道。

[①] 米哈伊里克，是米哈伊尔的爱称。

大作家讲的小故事

"'我跟你说我读过!'柯瓦连科大声喊道,用木棍在人行道上敲得很响。

"'唉!我的天呀,明契克!①你干吗要发火?要知道,我们谈的是带原则性的问题。'

"'我跟你说我读过!'柯瓦连科喊得更响了。

"在家里,有旁人在的时候,他们也是这样大吵大嚷。大概这种生活使她厌烦了,因此想有一个自己的窝,而且也不能不考虑自己的年龄了。她现在已经没有时间再挑挑拣拣,嫁给谁都行!哪怕是那位希腊语教师也可以。原因是很明白的:对我们大多数的小姐来说,不管是嫁给谁,只要能嫁出去就行。不管怎么样,瓦莲卡对我们的别里科夫开始表示明显的好感了。

"而别里科夫呢?他也常到柯瓦连科家去串门了,就像常到我们这里来一样。进了他家就默默地坐着,一声不响,而瓦莲卡就给他唱《风儿在吹》,或者是用她那双黑眼睛若有所思地瞧着他,或者放声大笑起来:

"'哈哈哈!'

"在恋爱的事情上,特别是在婚姻上,劝导往往能起很大的作用。不论是同事们和太太们,大家都劝说别里科夫应当结婚,对他来说,生活中除了结婚已没有别的缺憾了。我们全都向他道喜,用严肃的面孔向他说了各种俗套话,比方:婚姻是人生重要的一步等;何况,瓦莲卡长得不错,挺招人喜欢,她是五等文官的女儿,有田庄,更主要的是,她是第一个亲热而诚心对待他的女人。于是他有点飘飘然,拿定主意,真要结婚了。"

"那么,这时他的套鞋和雨伞就该收起来了。"伊万·伊万内奇说。

---

① 明契克也是米哈伊尔的爱称。

"你想象一下吧,这是不可能的。他虽然把瓦莲卡的照片摆在了桌子上,而且常到我这里来谈论瓦莲卡,谈家庭生活,谈婚姻是人生重要的一步,也常到柯瓦连科家去,但是他的生活方式却一点儿也没有变,甚至相反,结婚的决定好像使他染上了某种疾病似的,他变得更瘦了,脸色更苍白了,好像更深地躲进自己的套子里去了。

"'我喜欢瓦尔瓦拉·萨维什娜,'他对我说,带一种微微的苦笑,'我也知道,人人都要结婚,可是……您知道吗,这一切来得有点突然……需要好好想一想。'

"'这有什么好想的呢?'我对他说,'结了婚,就完事了。'

"'不,婚姻是终身大事,首先得估量一下面临的义务和责任……以后可不要闹出什么乱子来才好。这一点使我十分不安,如今我整夜都睡不着。知道吗,他们议论起事情来有点奇怪。她性格又很活泼,结婚以后恐怕难免会闹出点什么麻烦来。'

"于是他没有求婚,一拖再拖,弄得校长夫人和我们的所有的太太们非常懊丧。他老是在捉摸将来的义务和责任,同时他又差不多每天都同瓦莲卡出去散步。也许他认为,在他这样的处境下他应该这样做。他常到我这里来,是为了谈谈家庭生活。如果不是突然闹出一个大笑话[①]的话,他后来可能就结婚了,从而也就促成一桩不必要的、愚蠢的婚事了。在我们这里,由于烦闷无聊,由于无所事事,像这样结婚的有成千上万的例子。应该说一下,瓦莲卡的弟弟柯瓦连科从认识别里科夫的第一天起就恨他,受不了他。

"'我不明白,'他耸耸肩膀对我们说,'我不明白,你们怎么能够容忍这样的告密者,这样卑鄙的家伙。哎呀,先生们,你们

---

① "大笑话"原文为德语。

大作家讲的小故事

怎么能在这儿生活啊！你们这里的空气要窒息人，坏透了！你们难道是教育家，是教师吗？你们是官僚。你们这里不是学府，而是警察局，而且散发出一股警察岗亭里的酸臭味。不，诸位老兄，我在你们这儿再住一阵，就要回到我们庄子里去了，在那里我可以捞捞鱼虾，教教乌克兰的小孩子。我是要走的，而你们却要同你们的犹大留在这里。叫他倒霉去吧。'

"要不他就哈哈大笑，笑得流眼泪。他时而用男低音，时而又用尖细的声音，摊开双手问我：

"'他干吗要上我这儿来坐着？他想干什么呢？坐着，两眼发直。'

"他甚至给别里科夫起了一个外号，叫'蜘蛛'。当然，我们没有对他说他姐姐瓦莲卡打算跟'蜘蛛'结婚的事。有一次，校长夫人暗示他说，要是他的姐姐跟别里科夫这么一个可靠的、受大家尊敬的人结婚，倒是一件好事。这时他皱起眉头说：

"'这不关我的事。哪怕她跟毒蛇结婚也行。我不喜欢干涉别人的事。'

"现在您听一听后来的事情吧。有一个捣蛋鬼画了一张漫画，画中的别里科夫穿着套鞋、卷起裤腿、打着雨伞，正在走路。瓦莲卡挽着他的胳膊。下面的题名是：'热恋中的人'。您明白吗？表情画得妙极了！想必画家不止画了一夜，因为所有男中和女中的教师们、宗教学校的教师们和官员们都接到了一份。别里科夫也接到了一份。这幅漫画给了他非常难受的印象。

"这天正好是五月一日，星期天，我们一起从家里出来。我们全体教师和学员事先约好在学校里集合，然后一起步行到城外的小树林里去。我们都来了，他却愁眉苦脸，脸色比乌云还要阴暗。

"'竟有如此恶劣、歹毒的人!'他小声说道,嘴唇都颤抖了。

"我甚至同情他了。我们走着。忽然,您能想象到吗,柯瓦连科骑着自行车过来了,瓦莲卡也骑着自行车跟在他的后面。她满脸通红,消瘦了许多,可是开心、快活。

"'我们先到前面去了!'她大声喊道,'咳,天气多好啊!多好啊,简直好极了!'

"他们俩一会儿就消失了。我们的别里科夫则从愁眉苦脸变成脸色苍白,好像是僵住了。他站住,望着我——

"'对不起,这是怎么一回事?'他问道,'也许是我看错了?难道中学教师和女人骑自行车还成体统吗?'

"'这有什么不成体统的?'我说,'就让他们随便骑好了。'

"'这怎么可以呢?'他叫喊起来,看见我满不在乎的样子,他很惊讶,'你在说什么啊?!'

"他大为震惊,于是不想再往前走,回家去了。

"第二天,他老是神经质地搓手,打哆嗦,从他的脸上可以看出,他身体欠佳。还没上完课他就走了,这是他平生第一次这样做,也没有吃午饭。

"尽管外面已完全是夏天天气,傍晚时他还是穿得很多,慢慢地往柯瓦连科家里去。瓦莲卡不在家,他只见到了她的弟弟。

"'您就请坐吧。'柯瓦连科皱着眉头冷冷地说。他的脸上睡意未散,午饭后他刚休息一会儿,心情很不好。

"别里科夫默默地坐了十分钟左右才开始说:

"'我到这里来,是为了减轻我内心的痛苦,我心里非常非常难受。有一个卑鄙的人画了一张漫画,把我和另一个与我们俩都很亲近的女人画成可笑的样子。我认为我有责任让您相信,我与此事

大作家讲的小故事

毫无关系……我没有做任何可以为这种讥讽做口实的事情,相反,我任何时候的行为举止都是一个完全正派的人。'

"柯瓦连科撅着嘴坐着,一言不发。别里科夫等了一会儿,接着又用忧郁的声调小声地说:

"'我还有一点事要对您说。我已经从教多年了,而您刚刚开始工作,作为一个老同事,我认为有责任对您提出忠告。您骑自行车,这种游戏对一个青年教育者来说,是很不体面的。'

"'为什么呢?'柯瓦连科用男低音问道。

"'这难道还要解释吗?米哈依尔·萨维奇,难道您不明白吗?如果教师骑自行车,那么学生会干出什么事来呢?他们就只有用头顶着地走路了!警察当局没有通令允许这样做,那就是不行。昨天我大吃一惊!当我看见您姐姐时,我眼前都发黑了。女人或姑娘骑自行车,这太可怕了!'

"'说实在的,您到底想干什么呢?'

"'我只想做一件事,就是警告您,米哈依尔·萨维奇。您是青年人,前途远大,您要十分谨慎小心才成,而您却如此马虎大意。哎呀,如此马虎大意。您穿绣花汗衫,经常在大街上提着书走来走去。而现在又骑自行车。您和您的姐姐骑自行车的事会让校长知道的,然后又会传到督学的耳朵里……这会有什么好结果吗?'

"'我和我姐姐骑自行车,这不干任何人的事!'柯瓦连科说,涨红了脸,'谁要是干涉我的家事和家属的事,我就叫他妈的滚蛋!'

"别里科夫脸色煞白,站了起来。

"'要是您用这样的口气跟我说话,那我们就谈不下去了,'他说,'我要求您永远不要在我面前这样地谈论上司,您应该尊敬当局才对。'

"'难道我对当局说了什么坏话吗?'柯瓦连科问道,生气地看着他,'请您不要打搅我。我是个正直的人,我不想跟您这样的先生谈话,我不喜欢告密者。'

"别里科夫神经质地慌乱起来,急忙穿上大衣,脸上显出害怕的表情。要知道,他有生以来头一回听到如此不礼貌的话。

"'您要说什么,随便吧,'他一面说,一面走出前堂,来到楼梯台阶上,'我只是预先声明一下,说不定有人偷听了我们的谈话。为了避免我们的谈话被曲解和闹出什么乱子来,我应该把我们谈话的内容……基本要点,向校长先生报告一下。我必须这样做。'

"'报告?去吧,去报告吧!'

"柯瓦连科从后面一把抓住他的衣领,猛地一推,别里科夫就顺着楼梯滚下去了,他的套鞋啪啪地响。楼梯高而且陡,不过他滚到下面却平安无事。他站起来,摸摸鼻子,看眼镜碰碎没有。可是,正当他从楼梯上滚下来时,恰巧瓦莲卡回来了,还带了两位太太,她们站在下面并瞧着他——这对别里科夫来说比什么都可怕。看来,哪怕是摔断了脖子和两条腿,也比成为取笑的对象要好些,因为,这下全城的人都会知道这件事,并将传到校长的耳朵里,传到督学的耳朵里。哎哟,千万别闹出什么乱子来!人家又会来一幅漫画,其结果就会命令他辞职……

"当他站起来时,瓦莲卡才认出是他。她瞧着他那可笑的脸,揉皱的外衣和套鞋,不明白是怎么一回事,还以为是他自己意外地摔下来的,便忍不住哈哈大笑起来,笑得整所房子都听得见:

"'哈哈哈!'

"这响亮的有节奏的'哈哈'笑声把一切都结束了:做媒求亲的事结束了,别里科夫的人间生活也结束了。他没有听见瓦莲卡说了什么,也没有看见什么。他回到家里,首先是把桌上放着的瓦莲

大作家讲的小故事

卡照片拿掉了,然后便躺下来,从此就再也没有起来。

"大约过了三天,阿法纳西来找我,问我要不要派人去请医生,因为,据说他主人有点毛病。我便去看别里科夫。他躺在帐子里,盖着被子,不言语:不管你问什么,他都回答'是'或者'不是',别的什么也不说。他躺着,阿法纳西则在他旁边走来走去,满脸忧郁,愁眉不展,深深地叹气,从他的身上散发出一种像酒馆里的烈酒的气味。

"过了一个月别里科夫死了。我们大家都去给他送葬,就是说,两个中学和一个宗教学校的人都去了。如今他躺在棺材里,表情温顺、愉快,甚至高兴,好像他在庆幸自己终于被装进了套子里,永远也不用再从套子里出来了。是啊,他实现了自己的理想!天公好像也在对他表示敬意,他出殡的时候,天色变得阴暗,下起雨来了。我们全都穿着套鞋打着雨伞。瓦莲卡也参加了葬礼。当棺材放进墓穴时,她哭了几声。我发现,乌克兰女人总是不是哭就是笑,中间的心情她们是没有的。

"说实在话,埋葬别里科夫这种人是一件大快人心的事,但是我们谁也不愿意流露出这种快活感。我们从墓地回来时,大家的表情是谦逊而忧郁的。那种快活感就像我们许久以前做孩子的时候,当大人不在家,到花园里去跑一两个钟头,享受充分自由的那种感觉。哎呀,自由啊,自由!甚至哪怕只是一种暗示,一种可能得到自由的微弱的希望,人的灵魂就会长出翅膀来。不是这样吗?

"我们从墓地回来后,心情很好。可是还没有过去一个星期,生活又和原先一样了:严峻、厌倦、乱七八糟。这样的生活虽然没有明令禁止,可也没有得到充分的许可啊。情况并没有好转。事实上,人们虽然埋葬了别里科夫,可是还有多少这样的套中人活着,将来又还会有多少这样的人呢?"

"问题就在这里。"伊万·伊万内奇说,又点燃了烟斗。

"将来还会有多少这样的人呢?"布尔金又说了一遍。

这个中学教师从杂物房里走出来。他是一个敦实的矮胖子,头全秃了,黑胡子几乎齐腰长。有两条狗也跟着他跑了出来。

"月亮,月亮真好!"他抬起头说。

已经是午夜了。从右边可以看到整个村子。长长的街道延伸得很远,有五俄里长。一切都进入了恬静的深深的睡眠状态,没有一点儿动静,没有一丝儿声音,甚至让人不太敢相信大自然竟会如此寂静。你在月夜里看见宽阔的村街及其农舍、草垛和熟睡的柳树,心里就会变得宁静。在这个躲开了劳动、操心和悲伤而被夜色包藏起来的静寂里,村街显得那么温和、忧郁、美丽,似乎星星在亲热地、动情地瞧着它,似乎大地上已没有了恶,一切都非常美好。左边,村子的尽头,便是田野。这里可以看到很远的地方,直到天边。在这一大片洒满月光的田野上,同样是没有一点动静,没有一点声音。

"问题就在这里。"伊万·伊万内奇又说一遍,"我们住在城里,又闷气又拥挤;我们写一些无用的文章,玩纸牌——这岂不也是套子吗?我们在懒汉、爱打官司的人和愚昧的浪荡女人中度过一生,自己说也听别人说各种废话——这岂不也是套子吗?喂,您如果愿意听,我就给您讲一个很有教益的故事。"

"不,现在到该睡觉的时候了,"布尔金说,"明天再讲吧。"

他们俩都走进杂物房,在干草上躺下来。他们俩盖上被子,刚要入睡,却忽然听见轻轻的脚步声:吧嗒、吧嗒……离杂物房不远有人在走动,走了不远又停了下来。过了一分钟,又吧嗒、吧嗒响起来……狗叫起来了。

"这是玛芙拉在走动。"布尔金说。

脚步声停止了。

大作家讲的小故事

"你看着听着人家撒谎,"伊万·伊万内奇翻了个身说,"人家就会因为你容忍这种虚伪而说你是傻瓜,您忍受人家的欺负和侮辱,不敢公开宣布你站在正直和自由的人的一边,而且你自己也撒谎,还堆出笑容。这一切无非就是为了混一口饭吃,得到一个温暖的窝,谋到一个一文不值的官职罢了!不,不能再这样生活下去了!"

"得了,你离题太远了,伊万·伊万内奇,"老师说,"我们睡觉吧!"

十分钟以后布尔金就睡着了。伊万·伊万内奇却翻来覆去,并且直叹气。后来他便起来,走出去,在门边坐下,点上了烟斗。

赏析与品读

套中人别里科夫不仅把身体套在各种各样的套子里,还把思想也禁锢在套子中。不仅如此,他还千方百计地用套子去套别人,令小城的人们十五年中一直生活在战战兢兢中,如同被一根巨大的麻绳给捆住了手脚,不能收放自如。契诃夫在这个作品中,描绘了一个害怕接触实际、害怕新生事物、害怕生活出现变故、死心守卫政府法令的知识分子别里科夫的形象。他不是作为个体存在,而是知识界和社会的一种典型。别里科夫是统治阶级的帮凶,是与新事物格格不入的旧制度、旧秩序的维护者,是一个可憎、可恨、可恶的人物形象。全城的人们都被他散发出来的肮脏的政治空气压得直不起腰来。

但这个小人物看起来强大,同时也是卑微的、可怜的,小说其实是通过别里科夫的言行,批判了当时俄国扼杀一切生机的沙皇专制制度。

醋栗

● 带着问题读一读,你会收获更多 ●

1. 尼古拉为什么一直要买带醋栗树的庄园?
2. 尼古拉的故事说明了什么?

大作家讲的小故事

打从大清早起,整个天空就雨云密布。没有风,也不热,却闷气。大凡在灰色阴暗的日子里,田野上空早已乌云遮天,眼看快要下雨却又没有下的时候,往往就是这种天气。兽医伊万·伊万内奇和中学教师布尔金已经走累了。他们觉得,这田野好像没有尽头似的。前面很远的地方米罗诺西茨戈耶村的风车隐约可见,右边是连绵不断的丘岗,一直延伸到村庄后面很远的地方才消失。他们两人都知道,这边是河岸,那边是草地、绿色的柳树和庄园。如果站在一个丘岗上,就可以看见同样辽阔的田野、电讯设施和一列像正在爬行的毛毛虫似的火车,而在晴朗的天气下甚至看得见城市。今天是一个无风的天气,整个大自然都显得那么温和,好像是在沉思。伊万·伊万内奇和布尔金对这片田野都满腔热爱,两人都在想:这个地方是多么辽阔,多么美丽啊!

"上一次我们在村长普罗科菲的杂物房里过夜的时候,"布尔金说,"您曾打算讲一个故事来着。"

"是的,我当时想讲一讲我弟弟的故事。"

伊万·伊万内奇深深地叹了一口气,并点上了烟斗,就要开始讲故事。可是这时却下起雨来了。五分钟以后,雨下得非常大,不停地下,而且很难看出什么时候雨才能停下来。伊万·伊万内奇和布尔金站着,思考起来。淋湿了的狗也夹着尾巴站在那里,带着温顺的神情望着他们。

"我们需要找个地方避避雨,"布尔金说,"到阿廖欣家去吧,离这里很近。"

"那我们走吧。"

他们向一边拐过去,沿着已收割完的田野走去,时而照直走,时而往右走,后来上了大道。很快便出现了白杨、花园,后来又看

见了谷仓的红房顶。河水闪着亮光,顿时眼界开阔了,面前是一片宽阔的水面,有一个磨坊和白色的水滨浴场。

磨坊在工作,它的声音盖过了雨声。水坝在震颤。大车旁边站着几匹湿淋淋的马,它们都耷拉着脑袋。人们披着麻袋走来走去。这里潮湿、肮脏、不舒服,水面看样子是冰凉的、不祥的。伊万·伊万内奇和布尔金已感到全身潮湿、不干不净和不舒服,脚也因沾了污泥而变得沉重了。他们穿过水坝,爬到上面,往地主的谷仓走去时,都没有说话,好像彼此在生气似的。

其中一个谷仓里簸谷机轰隆作响。门开着,从里面冒出阵阵灰尘。阿廖欣本人就站在门口,他是一个四十岁上下的男子,又高又胖,留着很长的头发,看上去与其说像地主,不如说像教授或艺术家。他穿一件白色的但很久没有洗过的衬衫,腰上系根绳子,没穿长裤,靴子上也沾满了污泥和麦秸。鼻子和眼睛都被灰尘染得挺黑。他认出了伊万·伊万内奇和布尔金,显得很高兴。

"先生们,请进屋里,"他微笑着说,"我马上就来,一会儿。"

这是一座两层楼的大房子。阿廖欣住在一楼的两个房间里,那里有拱顶和小窗子,原来是管家们住的。屋里摆设简单,充满黑麦面包、廉价白酒和马具的气味。楼上的正房他很少去,只有当客人来了他才去一趟。伊万·伊万内奇和布尔金走进房间时,迎接他们的是一个女用人,年轻的女人,非常漂亮,以致俩人都顿时站住了,相互看了好一会儿。

"你们不能想象我看见你们有多么高兴,两位先生,"阿廖欣说,跟在他们后面走进了前堂,"真是没有想到!佩拉格娅,"他对女用人说,"去拿衣服来给客人换一换吧,顺便我也要换一换。只是首先我得去洗个澡,我大概从春天以来就没有洗

大作家讲的小故事

过澡了。先生们,你们也愿意到浴场去吗?这他们也暂时可以打点一下。"

漂亮的佩拉格娅是那么娇弱,但样子又是那么温和。她给他们拿来了床单和肥皂。阿廖欣就陪着客人到浴场去了。

"是的,我很久没有洗澡了,"他边说边脱衣服,"你们看,我的浴场很好,还是我父亲建造起来的。可是不知为什么我总是没有工夫来洗澡。"

他在台阶上坐下来,用肥皂洗他的长头发和脖子。他周围的水顿时变成了深棕色。

"是的,我认为也是……"伊万·伊万内奇意味深长地瞧着他的脑袋说。

"我很久没有洗澡了。"阿廖欣不好意思地又说了一遍,再用肥皂洗起来,他周围的水又变成了深蓝色,像墨水一样。

伊万·伊万内奇走过去,扑通一声跳进水里。他冒雨游了起来,张开胳膊划水。他游水腾起了波浪。白色的百合则在水浪上摇来摆去。他一直游到水域的中央,作了一次潜游,过了一分钟在另一个地方钻了出来。他接着再往远处游去,并且老是潜水,极力想抵达河底。"哎呀,我的上帝啊!……"他重复地说,游得很痛快,"哎呀,我的上帝!"他游到磨坊那边去,同农民谈了话,再游回来,平躺在水面的中央,仰面迎着雨点。布尔金和阿廖欣都已穿好了衣服,准备走了,他却仍在游泳,潜水。

"哎呀,我的上帝!……"他说,"哎呀,求上帝怜恤!……"

"你也游够了!"布尔金对他说。

他们回到了屋里。楼上大客厅的灯光亮了起来,布尔金和伊万·伊万内奇穿着丝绸长袍和暖和的拖鞋在圈椅上坐下来。而洗了

脸、梳好头的阿廖欣本人则穿着新上衣在客厅里走来走去,看来,他正在愉快地享受着温暖、干净以及穿干燥衣服和轻便拖鞋的感觉。漂亮的佩拉格娅温柔地在地毯上走着,不发出一点声音,用托盘端来了带果酱的茶。只是在这时,伊万·伊万内奇才开口讲他的故事,而且仿佛不仅是布尔金和阿廖欣在听,那些藏在金边镜框里安详而又严厉地瞧着他们的老老少少的太太们和军官们似乎也在听。

"我们是兄弟俩,"他开始说,"我伊万·伊万内奇,另一个是我的弟弟尼古拉·伊万内奇,他比我小两岁。我进专业学校,当了兽医,而尼古拉从十九岁起就在税务局里工作。我父亲奇姆沙-吉马莱斯基曾经是一个少年兵,后来提升为军官,给我们留下了世袭的贵族身份和小小的田产。他死了之后,这份小小的田产便抵了债。但是,不管怎么样,我们的童年在农村中还是过得自由自在的。我们完全跟农民的孩子们一样,白天晚上都是在田野上、森林里度过的,看守马匹、剥树皮、捕鱼,等等……你们知道,一个人一生中哪怕捕过一次鲈鱼,或者在秋天看过一次鸫鸟南飞,看到它们在晴朗而凉爽的日子里怎样成群地在村子上空飞过,那他就已经不是城里人了,他就一直到死都会向往自由的生活。我弟弟在税务局里就老念着乡下。一年一年过去了,他还是坐在同一个位子上,老在抄写那些文件,并且老是想着一件事:怎样才能回到乡下去?他的这种思念渐渐地成为一个明确的愿望,梦想着在靠河或近湖的地方为自己买下一个小小的庄园。

"他是一个善良、温和的人,我喜欢他,但他那种想把自己关在一个小庄园里过一辈子的愿望,我却从来没有同情过。俗话说,一个人只需要三俄尺土地。但是须知,三俄尺土地是埋尸体的地方,而不是活人所需要的。现在还有人说,若是我们的知

大作家讲的小故事

识分子贪恋土地，希望有个庄园，这是好事。但是，要知道，这种庄园也就是三俄尺土地。离开城市，离开斗争，离开生活的喧嚣，逃出来，躲进自己的庄园里——这不是生活。这是利己主义，偷懒，这是一种僧侣主义，而且是毫无建树的僧侣主义。一个人需要的不是三俄尺土地，也不是一个庄园，而是整个地球，整个大自然。在那广阔的天地中，人能够发挥他自由精神的所有品质和特点。

"我的弟弟尼古拉坐在自己的办公室里，梦想着将来怎样喝自己家里的菜汤，这菜汤又怎样在全院子里发出清香的气味；他怎样在绿色草地上吃饭，怎样在太阳底下睡觉，怎样在大门口凳子上一坐就是几个钟头，眺望田野和森林。农业书籍和日历上的所有农艺方面的建议都成了他心爱的精神食粮。他喜欢看报，但只看报纸上有关的广告，例如，说某地方有若干田产，连同草场、庄园、小溪、花园、磨坊和活水池塘等一并出售。他的脑子里就描绘出了花园小径、花卉、水果、椋鸟巢、池塘里的鲫鱼等。你们知道吗？全都是诸如此类的东西。这些想象的图景是根据他所看到的广告的不同而异的。不过，不知何故，所描绘的每一张图景里都必定有醋栗。他不能想象，哪一个庄园，哪一个富有诗意的安乐窝里没有醋栗。

"'乡村生活有其舒服的地方，'他常说，'在阳台上坐一坐，喝杯茶，池塘里有自己的小鸭子在泅水，四处清香，而且……醋栗成熟了。'

"他经常绘制庄园的草图。而每一张草图都照样有那几件东西：一、主人的正房；二、仆人的下房；三、菜园；四、醋栗树。他生活很节俭，省吃少喝，天知道他穿的是什么衣服，简直像个乞丐。他不断地攒钱，存在银行里，贪婪得可怕。我看见他就心痛，

常给他一点钱,逢节日也给他寄点钱,可是他连这点钱也要收藏起来。一个人如果打定了主意,你对他就毫无办法了。

"几年过去了。他被调到别的省去工作。他也已经年过四十了,但他仍旧看报纸上的广告、攒钱。后来听说他结婚了。他结婚的目的也仍然是为了要买一个有醋栗树的庄园。于是他就同一个又老又丑的寡妇结了婚,其实他对她没有一点感情,只因为她有几个臭钱罢了。他跟她结婚后,生活上仍然非常吝啬,老是弄得她吃不饱。他把她的钱存进银行里,写上自己的名字。以前她嫁给邮政局长时,跟前夫吃惯了馅饼,喝惯了果子露酒。可是跟第二个丈夫一起过日子,却连黑面包也吃不饱。过这样的生活,她变得憔悴了。于是不出三年就一命呜呼了。当然我的弟弟从来也没想过他对她的死负有责任。金钱像白酒一样,可以把人变成怪物。我们城里从前有个病危的商人,临死前他叫人给他端来一碟子蜂蜜,他把他所有的钱和彩票就着蜂蜜全吞进肚子里去,让谁也得不着。有一回我在火车站检查牲口时,正好有一个马贩子摔在火车头底下,压断了一条腿。我们把他抬到候车室里,他流血很多,非常危险,但他却老要求大家把那条断腿找回来,老是心神不安,原来在他那条断腿的靴子里放有二十卢布,他深怕那钱丢了。"

"你这已经离题了。"布尔金说。

"妻子死后,"伊万·伊万内奇沉思了半分钟后接着说,"我弟弟就开始为自己物色田产了。当然,尽管他已经物色了五年,但到头来仍然出差错,买下来的却全然不是自己所梦想的东西。我弟弟尼古拉通过中间人买了一个抵押过的庄园,有一百二十亩土地,有主人的正房,有仆人用的下房,有花园,可是却唯独没有果园,没有醋栗树,没有池塘和小鸭子。虽然有河,可是河水的颜色像咖啡一样,因为田产的这一边是个制砖厂,而另一边是烧兽骨的工

大作家讲的小故事

场。不过我的尼古拉·伊万内奇倒也不大难过，他去定购了二十棵醋栗树，栽下去，并照地主的排场过起日子来了。

"我去年去探望过他。我想去看看他那里的情况怎么样。在信里我弟弟称他的庄园是'楚姆巴罗克洛夫荒地'，又称'吉马莱斯科耶'。我是在下午到达那个'吉马莱斯科耶'的。天气很热，到处是沟渠、围墙、篱笆和栽成一行行的杉树，让人不知道怎样进入院子，把马拴在什么地方。走到房子跟前，来迎接我的竟是一条红毛狗，它肥得像头猪，想吠一声，却又懒得吠。厨娘从厨房里走出来，她光着脚，很胖，也像一头猪。她说，我兄弟午饭后正在休息。我走进弟弟屋里，他在床上坐着，膝上盖着被子。他变老了，显胖了，皮肉松弛，他的脸颊、鼻子和嘴唇，全都向前伸展着，看上去，就像猪一样哼哼着钻在被子里。

"我们互相拥抱，抽泣了几声，既是由于高兴，也是由于一种悲凉的心绪：想到我们当年都还年轻，而现在两人都已白发苍苍，快要入土了。他穿上衣服便带我去看他的庄园。

"'喂，你在这里过得好吗？'我问道。

"'还好，多谢上帝，我过得很好。'

"他已不是往昔那个怯懦的、可怜巴巴的文官，而是道地的地主、老爷了。他已经在这里住熟、习惯，并且津津乐道了。他吃得很多，到浴池去洗澡，长胖了。他已同村社及工厂打过官司。农民若不称呼他'老爷'，他就要见怪。他还按照老爷气派郑重其事地关心起自己的灵魂来了。即使他做点好事也不是那么简简单单的，而是摆足了架子。然而那又是什么样的好事啊！他拿苏打和蓖麻籽给农民去包治百病。到他命名日那天，便在村子中央做一回谢恩祈祷，然后抬出半桶白酒给农民喝。他自认为就该这么办。咳，那可怕的半桶白酒！今天这位胖地主拉着农民到地方行政长官那里去控告他们放出牲口践踏了他的庄稼，而明天遇上隆重的节日，却给农民摆上半桶酒，他们边喝边喊'乌拉'，喝醉了的就给他叩头。生活只要变好一点，吃得饱、喝得足，闲着不做事，就会在俄罗斯人身上生发出一种最厚颜无耻的自负心理。尼古拉·伊万内奇当初在税务局里时甚至害怕有自己的意见，而现在，说起话来句句是真理，而且总是用大臣的口气说：'教育是必要的，不过呢，对老百姓来说，还未免言之过早。''体罚总的来说是有害的，但是在某种场合下，它却是有益的，不可代替的。'

"'我了解老百姓，我会对付他们，'他说，'老百姓喜欢我。我只要动一动手指头，老百姓就会把我想办的事统统办好。'

"请你们注意，他的所有这些话都是带着聪明而慈善的微笑说出来的。他把'我们这些贵族'、'我作为贵族'反复地说了二十多遍，显然，他已经不记得我们的祖父是农民、父亲是兵了。就连我们的姓奇姆沙-吉马莱斯基，实际上是个不合情理的姓，他现在也觉得响亮、高贵、十分惬意了。

"不过，问题不在于他，而在于我们自己。我想跟你们讲一讲我在庄园里逗留的短短几个小时，我自己起了什么变化。傍晚，我们喝茶的时候，厨娘端来满满一盘醋栗放在桌上。这不是买的，而是自家栽种的醋栗。自从栽下那些果树之后，这还是头一回收果子。尼古拉·伊万内奇笑起来，默默地对那些醋栗看了一分钟，热泪盈眶，激动得说不出话来。然后他拿起一个醋栗放进嘴里，看看我，像小孩终于得到心爱的玩具那样，得意洋洋地说：'多么好吃啊！'

"他贪婪地吃起来，不断地重复说：

"'啊，多么好吃啊！你尝一尝吧！'

大作家讲的小故事

"醋栗又硬又酸。但是，诚如普希金所说：'我们喜爱高尚的谎话，胜过喜爱许许多多的真理。'①我看见了一个幸福的人，他那朝思暮想的梦想显然已经实现，他已经达到了生活的目标，他获得了他所想要的东西，他对自己的命运满意了，对自己也满意了。不知为什么，以前我想到人的幸福时，总不免夹杂着一种哀伤的感觉，而现在我亲眼看见了幸福的人，则有一种近似绝望的沉重的感觉控制着我。夜间这感觉尤为沉重。他们在我弟弟卧室的隔壁给我支了一张床，我听见弟弟没有睡，他老是爬下床来，走到盛着醋栗的盘子跟前，去拿醋栗吃。我在想，实际上有多少满足而幸福的人啊！这是一种多么令人沮丧的势力啊！你们就看看这种生活吧：强者骄横而不干事，弱者则无知而且像牲口一样生活，四处都已穷得不能再穷了，拥挤、退化、酗酒、伪善、撒谎……然而在所有的房子里也好，街上也好，到处是平平静静，心平气和，城里的五万居民中，竟没有一个人叫喊一声，大声地发泄一下愤懑。我们看到人们到市场上买食品，白天吃饭，晚上睡觉，说废话、结婚、衰老、镇静自若地送死人进坟墓。但是，对那些受苦的人们，对生活中幕后正在发生的种种可怕的事情，我们却看不见，听不到，一切都安静、太平，提出抗议的只有那些无声的统计表：有多少人发了疯，有多少桶白酒被喝光了，有多少儿童死于营养不良……这样的制度显然是不需要的。幸福的人之所以会自我感觉良好，显然只是因为那些不幸的人沉默地背着他们的重负。如果没有这种沉默，他们的幸福就是不可能的。这是普遍的麻木不仁。需要在每一个幸福而满足的人的房门背后站上一个拿锤子的人，用锤子经常敲敲门，提醒他：世上还有不幸的人，不论他怎么幸福，生活迟早还会向他露出

---

① 见普希金的《英雄》一诗。

爪子，灾难迟早还会降临——疾病、贫穷、损失。但那时谁也不会看见他，听见他，就像他现在看不见、听不见别人一样。可是，并没有拿锤子的人，幸福的人照样自由自在地生活着。日常的一些小事使他们稍稍有些激动，就像微风吹拂着白杨一样——一切平安无事。"

"这个晚上我才明白，我也是幸福又满足，"伊万·伊万内奇站起来，继续说，"我也在吃饭和打猎的时候教育过别人，说应该怎样生活，怎样相信宗教，怎样控制老百姓。我也说过，学问是光明，教育是必要的，可是对普通人来说，目前只要能认字、写字，也就够了。我说过，自由是好东西，不能没有它，就像不能没有空气一样，不过需要等待。是的，我常说这样的话，而现在我却要问：'为什么要等待？'"伊万·伊万内奇问道，生气地看着布尔金，"我问你们，为什么要等待？出于什么考虑？人们对我说，什么事都不是一下子能办到的，生活中各种思想都要逐渐地实现，水到渠成才行。可是这话是谁说的呢？有什么证据能证明这话是对的呢？你们引证事物的自然规律，引证各种现象的法则，可是，我，一个活生生的有思想的人，站在一条沟壕面前，本来也许可以从上面跳过去，或者在上面架桥过去，却偏要等它自己合拢或让淤泥填满才过去，在这里是否也有法律和法则呢？再说一遍，为什么要等待？要等到人没有力量生活时才算完吗？然而，人却需要生活，渴望生活啊！

"那天我打大清早就离开了弟弟的家。从此以后我在城里住就感到无法忍受。城里的安静和太平使我感到压抑。我害怕看人家的窗户，因为现在再没有比幸福的一家人围坐在桌子周围喝茶的场面使我更难受了。我已经老了，不会以斗争自豪了，我甚至也不憎恨别人了。我只能在心里感到悲伤、生气、烦恼。每天晚上，各种思

大作家讲的小故事

想纷至沓来,弄得我脑袋发热,夜不成寐……唉!要是我还年轻就好了!"

伊万·伊万内奇激动地从房间的这个角落走到另一个角落,并重复说:

"要是我还年轻就好了!"

他突然走到阿廖欣跟前,先是握住他一只手,后来又握住他另一只手。

"帕维尔·康斯坦丁内奇!"他用一种恳求的语气说,"不要感到满足,不要让自己昏睡!趁您现在年轻、力壮、精神饱满,要不倦地做好事!幸福是没有的,也不应该有。如果生活有意义有目标的话,那么这意义和目标绝不是我们的幸福,而是比这更伟大更有理智的东西。做好事吧!"

所有这些话,伊万·伊万内奇都是带着可怜的恳求的微笑说的,好像是为自己在求别人做什么事似的。

然后三个人在客厅不同角落里放着的三张圈椅里坐下来,没有说话。伊万·伊万内奇的故事既没有使布尔金,也没有使阿廖欣感到满足。那些藏在金边镜框里看着他们的将军们和太太们在昏暗的光线中显得像是活人,他们听着关于可怜的吃醋栗的文官的故事,感到乏味。不知什么缘故,他们很希望说一说或听一听优雅的人和妇女的故事。他们现在所在的客厅里的一切东西——蒙着套子的枝形烛架、圈椅、脚底下的地毯——都说明,镜框里低下眼睛看着他们的那些人从前也在这里走动过、坐过、喝过茶,而现在漂亮的佩拉格娅也在这里正无声地走来走去。这一切要比任何故事要美好得多。

阿廖欣困得要命。他打大清早两点多钟就起来料理庄园事务,现在他的眼皮都要粘在一起了,可是他又怕在他走了以后客人们还

要讲什么有趣的故事，因此他没有走。伊万·伊万内奇刚才讲的那些话聪明不聪明、有道理没有道理，他没有去推究。他的客人们没有谈及麦粒，没有谈及干草，所谈的都是与他的生活没有直接关系的事情，因此他感到高兴，并希望他们继续谈下去……

"可是。现在该睡觉了，"布尔金说，并站起来，"请允许我跟你们道晚安。"

阿廖欣道别后，回到楼下自己的房间里，客人们仍旧留在楼上。他们俩被领到一个很大的房间里，里面放着两张旧的雕花木床，墙角上有一个刻着耶稣受难像的象牙十字架。那两张宽大、凉快的床上，由佩拉格娅铺上了被褥。新换的床单散发出一种好闻的气味。

伊万·伊万内奇默默地脱下衣服，躺下。

"主啊，宽恕我们这些罪人吧！"他说完，便拉被子把头蒙上。

他那放在桌子上的烟斗，冒出一股浓烈的烟草的焦味。布尔金则久久不能入睡，他感到纳闷：哪里来的这股浓重的烟味呢？

雨点整夜抽打着窗户。

在《醋栗》中，契诃夫把文学与伦理完满地联系起来，它要把无意义的生活展示给人看，把有意义的道路指示给人走。尼古拉目光短浅，缺少生机，虚荣自私，他身上缺少农人的朴实，却有不少宦海带来的粗俗习气。尼古拉人生的全部理想就是买下一座庄园，然后在里面度过下半生。当时的时代背景正值俄国民主解放运动的繁盛时期，人们正满怀憧憬，努力要去开拓新的局面。契诃夫塑造了一个目标的

大作家讲的小故事

终点只是个人幸福，并为此丧失了个人品质的消极形象。

　　契诃夫正是借助醋栗这个又硬又酸的野果子的特性，用文笔来矫正偏斜的生活方向和倾斜的生活原则。他的真正目的在于，启发读者和自己一起，重新思考生活，从而自觉地改选社会、争取自由和幸福而不要按部就班地虚度时光。

姚内奇

● 带着问题读一读,你会收获更多 ●

1. C省城的人们的生活和精神状态是怎样的?
2. 姚内奇和屠尔金一家的关系经历了怎样的变化?

大作家讲的小故事

一

每当来到C省城的人抱怨这里的生活乏味而又单调的时候，本地的居民则好像要为自己辩护似的，就说恰恰相反，C城非常好，C城有图书馆，有戏院，有俱乐部，常常举行舞会，最后还说这儿有聪明、有趣、愉快的人家，可以和他们交往。他们还指明屠尔金一家，说这是最有教养、最有才华的一家人。

这一家人住在本城主街自己的房子里，近旁就是省长的官邸。屠尔金本人，伊万·彼得罗维奇是一个胖胖的、黑头发的美男子，留着连鬓胡子。他为了慈善事业经常举办业余演出，自己扮演老将军，咳嗽的样子很可笑。他知道许多笑话、字谜、俗语，喜欢开玩笑和说俏皮话。他常常做出一种表情，使你不知道他是在开玩笑，还是在说正经话。他的妻子，薇拉·约瑟福夫娜是一个身材瘦削、模样可爱的太太，带着夹鼻眼镜，常写中篇小说和长篇小说，并且喜欢拿这些小说给自己的客人朗读。女儿叶卡捷琳娜·伊万诺夫娜是个年轻的姑娘，会弹钢琴。一句话，每一个家庭成员都有自己的才华。屠尔金一家热情好客，他们在客人面前兴高采烈、真诚简朴地表现自己的才能。他们那所高大的瓦房很宽敞，夏天凉快，有一半窗户朝着那绿荫如盖的老花园。春天，花园里有夜莺在歌唱。每逢家里来了客人，厨房里就刀声当当响，院子里飘着葱香味——这是预告一顿丰盛的美味的晚餐就要开始了。

德米特里·姚内奇·斯塔尔采夫大夫被派任地方自治局医生，就在离C城九俄里远的嘉里日住下。他刚来的时候就听人说，像他这样有知识的人，必须与屠尔金的家人认识。冬天，有一次在街上他被介绍认识了伊万·彼得罗维奇，他们谈了天气、剧院和霍乱，后者便邀请他去做客。春天的一个节日——这是耶稣升天节，斯塔

尔采夫看完病人以后，便进城消遣消遣，并顺便买点东西。他步行（他还没有自己的马车），不急不忙地走着，一路上哼着歌：

当我尚未喝下生命之杯里的眼泪……

他在城里吃了午饭并在花园里散了步。后来他自然而然地想起了伊万·彼得罗维奇对他的邀请，于是他就决定到屠尔金家去，看看他们是些什么样的人。

"您好，"伊万·彼得罗维奇说，在台阶上迎接他，"见到这么一位愉快的客人我非常非常高兴。请进，我来把您介绍给我的贤妻。薇罗奇卡，我对他说，"他一边把医生介绍给妻子，一边继续说，"我对他说，他没有任何权利老在医院里待着，他应该把空闲时间用在社交上，对不对呢，亲爱的？"

"请您这儿坐，"薇拉·约瑟福夫娜说，让客人坐在她的身边，"您尽可以向我献殷勤。我丈夫爱吃醋，他是奥赛罗[1]，不过我们尽量做到让他看不出来。"

"哎呀，你这小母鸡，被宠坏了……"伊万·彼得罗维奇温和地嘟哝道，吻了吻她的额头，"您的光临正是时候，"他又转身对客人说，"我的贤妻写了一部很可观的长篇小说，今天正要高声朗读呢。"

"让奇克[2]，"薇拉·约瑟福夫娜对丈夫说，"叫人把我的茶拿来。"[3]

斯塔尔采夫被介绍跟十八岁的姑娘叶卡捷琳娜·伊万诺夫娜认识。她长得很像母亲，也是那样身材瘦削，模样可爱，她还有一种孩子的表情，腰身苗条、娇嫩，她那已经发育的处女的胸部，健康

---

[1] 英国作家莎士比亚剧作《奥赛罗》中的男主角。
[2] 俄文的"伊万"，等于法文的"让"。
[3] 原文为法语。

大作家讲的小故事

而又美丽，昭示着春天，真正的春天。然后大家喝茶，外加果酱、蜂蜜、糖果以及很好吃的饼干。这种饼干一进口就溶化。黄昏到来时，客人慢慢聚集起来，伊万·彼得罗维奇含笑对每位客人说：

"您好哇！"

后来大家都带着严肃的面容在客厅里坐下来，薇拉·约瑟福夫娜朗读她的长篇小说。她是这样开头的："寒气加剧……"窗户完全开着，从厨房里传来菜刀的当当声，闻得到煎洋葱的气味……大家舒舒服服地坐在柔软的深深的圈椅里。客厅里的灯光在暮色中温柔地闪烁着。现在是夏日的黄昏，从街上传来阵阵谈话声和笑声，从院子里飘来紫丁香的香气。这样就很难领会小说中说的寒气加剧、夕阳的冷光照着雪原和单身的行路人的情景。薇拉·约瑟福夫娜朗读到一个年轻美丽的伯爵小姐怎样在自己村子里兴办学校、医院和图书馆，又怎样爱上了一个浪游的画家。她朗读的是生活中永远不会有的故事，不过听起来还是很愉快、很舒服的，让人心里仍然会生发出美好的、平静的思想，坐着真不想站起来。

"真不赖……"伊万·彼得罗维奇悄悄地说。

有一个客人听着听着，思想跑到老远的地方去了，他用非常小的声音说：

"是啊……真的……"

一小时又一小时过去了。在城市公园附近有乐队在演奏，有合唱队在歌唱，薇拉·约瑟福夫娜合上了自己的本子后，有五分钟大家默默地听着合唱队唱的《卢奇奴什卡》。这首歌表现了长篇小说里没有而在生活中却存在的东西。

"您要把自己的作品送到杂志上去发表吗？"斯塔尔采夫问薇拉·约瑟福夫娜。

"不，"她回答说，"我哪里也不送去发表。我写完就放在

柜子里藏起来。干吗要发表呢？"她解释说，"要知道，我们不愁吃，不愁穿。"

不知为什么大家都叹了一口气。

"科季克①，现在你来弹个曲子吧。"伊万·彼得罗维奇对女儿说。

有人把钢琴盖打开，把放在那里的乐谱翻开来。叶卡捷琳娜·伊万诺夫娜坐上去，两只手按键盘，然后立即用尽全力按下来，按了又按，她的肩膀和胸部都在颤动，她使劲地按同一个地方，好像不把那些琴键按进钢琴里决不罢休似的。客厅里充满巨大的音响：地板、天花板、家具……好像所有的东西都发出轰隆声。叶卡捷琳娜·伊万诺夫娜在弹一段难奏的乐句，它的意义就在于它的难度。它又长又单调。斯塔尔采夫听着，脑子里浮现出一幅画面：许多石头从高山上落下来，不断地落下来，他却希望那些石头快点停住。此时叶卡捷琳娜·伊万诺夫娜由于紧张的演奏，满脸绯红，全身有劲，充满活力，一丝卷发掉下来，落在额头上，很招他喜欢。他在嘉里日在病人和农民中间度过了一个冬天，如今坐在客厅里，看着这个年轻、文雅而又多半也是纯洁的女人，听着这喧闹、令人腻烦却又文明的声响，是多么愉快、多么新鲜啊……

"哎呀，科季克，你今天演奏得比任何时候都好，"当女儿弹完站起来时，伊万·彼得罗维奇眼里含着眼泪说，"死吧，丹尼斯，你再也写不出更好的东西来了。"②

大家都围着她，向她祝贺，表示惊讶，表示自己真的许久没有听到这样好的音乐了。而她则默默地听着，微笑着，全身都表现出

---

① 叶卡捷琳娜的爱称。
② 此语似是格·彼将金公爵对俄国剧作家冯维辛的喜剧《纨绔少年》初次演出后的评价。后在论述冯维辛的文献中被反复使用，便成了一个流行的笑话典故。

大作家讲的小故事

一种十分得意的神情。

"真妙！好极了！"

"真妙！"斯塔尔采夫也受到大家的感染，说道，"您是在哪里学的音乐？"他问叶卡捷琳娜·伊万诺夫娜，"是在音乐学院学的吗？"

"不，我正准备进音乐学院，目前我在这儿跟扎嘉洛夫斯卡娅太太学琴。"

"你在本地中学毕业了吗？"

"噢，没有！"薇拉·约瑟福夫娜替她答道："我们请了家庭教师。在中学或贵族女子中学读书时可能会受到不良的影响。这您同意吧？姑娘正是生长发育时期，只应受母亲一人的影响。"

"不过，我还是要进音乐学院。"叶卡捷琳娜·伊万诺夫娜说。

"不，科季克爱她的妈妈，科季克不会伤她爸爸妈妈的心的。"

"不，我要去！我要去！"叶卡捷琳娜又逗趣又撒娇，还跺了跺小脚。

吃晚饭的时候，该伊万·彼得罗维奇来显示自己的才能了。他眼笑脸不笑地说着笑话和俏皮话，提出种种可笑的问题，自问自答，始终用一种自己特有的奇特的语言说话，这种语言是长期练习说俏皮话提炼出来的，显然他已经十分纯熟了，如"太好啦"、"真不赖啦"、"十二万分感谢您啦"……

还不止这些，当客人酒足饭饱，心满意足，挤在前厅，取各自的大衣和手杖时，就会出现一个听差帕夫鲁沙，或者用这里的人对他的称呼，就是帕瓦，一个十四岁的男孩，胖胖的脸蛋，头发剪得很短。

"喂,帕瓦,你来表演一个!"伊万·彼得罗维奇对他说。

帕瓦拉开架式,举起一只手,用一种悲怆的语调说:

"不幸的女人,死吧!"

大家哈哈大笑起来。

"真好玩。"斯塔尔采夫想着,走到街上。

他还到一个酒店买了啤酒,然后步行回到嘉里日。他一路上哼着歌曲:

在我听来,

你的声音那么亲切,

令人陶然心醉……①

他走了九俄里的路,然后躺下睡觉。他却一点也不觉得累,相反,他觉得还可以高兴地再走二十俄里路。"真不赖……"他回想着,然后笑着进入了梦乡。

二

斯塔尔采夫老想到屠尔金家去玩,医院里工作很多,他怎么也抽不出空闲时间来。就这样,有一年多的时间在工作和孤寂中过去了。可是现在,瞧,从城里捎来了一封装在浅蓝色信封里的信……

薇拉·约瑟福夫娜以前患有偏头痛。最近科季克天天闹着要进音乐学院,她的病就发作得更频繁了。全城的医生都到屠尔金家去过了,最后便轮到了地方自治局医生。薇拉·约瑟福夫娜给他写了一封很感人的信,请他到她家去减轻她的痛苦。斯塔尔采夫去了,并且从此以后便常常到屠尔金家去,十分频繁……他事实上也是给薇拉·约瑟福夫娜帮了点忙。她已经对所有的客人说,他是一位不

---

① 参阅普希金的抒情诗《夜》。

大作家讲的小故事

寻常的、非常出色的医生。不过他现在到屠尔金家去,已经不再是为了治她的偏头痛了……

过节那一天,叶卡捷琳娜·伊万诺夫娜在钢琴上弹完了她冗长而令人难受的练习曲,然后久久地坐在饭厅里喝茶;伊万·彼得罗维奇也讲了一个可笑的故事。这时门铃响了。他需要到前厅去迎接客人。斯塔尔采夫趁这杂乱的时刻,十分激动地小声对叶卡捷琳娜·伊万诺夫娜说:

"看在上帝面上,我求您别折磨我了,我们到花园里去吧!"

她耸耸肩膀,似乎困惑莫解,不知道他要她干什么似的。不过她还是站起来了。

"你弹钢琴一弹就是三个四个钟头,"他走在她的后面对她说,"然后您又陪您妈妈坐着,我根本没有时间跟您说话,哪怕您给我一刻钟的时间也好,我求求您。"

秋天就要来临,古老的花园里寂静、悲凉,人行道上落满了黑色树叶,天很早就黑下来了。

"我整整一个星期没见到您了,"斯塔尔采夫断续说,"但愿您知道,这有多么痛苦!请坐,请您听我说。"

花园里有一个他们喜欢坐的地方:一棵枝叶茂盛的老枫树下的一张长凳子,现在他们就在这张长凳上坐下来。

"我整整一个星期没见到您了,我这么久没听到您的声音。我强烈地想听到,渴望听到您的声音。您就说说吧。"

她那焕发的青春,她的眼睛和脸蛋上天真的表情使他如痴如醉了。甚至她穿连衣裙的装束,他都看见有一种不寻常的、由于其淳朴和天真的妩媚而产生的亲切和动人的东西。同时,虽然天真,他却觉得她很聪明,其成熟程度超过了她的年龄。他可以跟她谈文学、谈艺术,谈什么都行。也可以在她面前对生活对人们发发牢

70

骚。尽管有时候在严肃交谈时她会突然无缘无故地笑起来，或者跑回屋里去。她也跟C城差不多所有的女孩子一样，读过许多书（一般地说，C城的人是很少读书的。本城图书馆的人说，如果不是这些姑娘们和一些年轻的犹太人，图书馆就可以关门了）。这一点斯塔尔采夫感到极其满意，每次他都非常激动地问她最近读了什么书，并且像着了魔似的听着她讲。

"自从我们分别以来，这个星期您都读了什么书呢？"这时他问道，"求求您，您就说说吧。"

"我读了皮谢姆斯基①的作品。"

"哪些作品呢？"

"《一千个农奴》。"科季克回答说，"皮谢姆斯基的名字多可笑啊！叫什么阿列克赛·菲奥费拉克迪奇！"

"您这要到哪里去啊？"当她突然站起来要回房里去时，斯塔尔采夫大吃了一惊，"我必须跟您好好谈一谈，我应该解释一下……哪怕再陪我五分钟！我恳求您了！"

她停下来，好像要对他说什么，然后不好意思地塞给他一张字条，跑回家去了，仍然坐在钢琴跟前。

"今晚十一点钟，"斯塔尔采夫读道，"请您到捷梅季墓碑附近的墓地上等候。"

"嗯，这可一点也不聪明，"他想道，清醒过来了，"为什么是墓地？什么意思呢？"

很明显，科季克在开玩笑。真的，谁会正经八百地想出三更半夜约人到城外老远的墓地去相会呢？在城市公园里和大街上安排个地方不是很容易吗？而他作为一位地方自治局医生，一个有头脑

---

① 皮谢姆斯基（1821—1881），俄国现实主义作家。

大作家讲的小故事

的持重的人，唉声叹气地收下条子，到墓地去溜达，去干那种连中学生都会感到可笑的傻事，这岂不有失体面吗？这种恋爱会有什么结果呢？若同事知道了的话，将会说什么呢？斯塔尔采夫就这样一边想着，一边在俱乐部里那些桌子旁边来回踱步，可是到了十点半钟，他却忽然起身到墓地里去了。

他已经购了一辆双马车，车夫潘捷列蒙穿一件丝坎肩。月色很好，天气暖和，无风，不过这是一种秋天的暖和。在城郊屠宰场旁边，狗在吠。斯塔尔采夫已把马车停在城边的一条胡同里，自己徒步到墓地去。"人人都有怪脾气，"他在想，"科季克也是个怪人，谁知道呢？也许她不是开玩笑，真的会来呢。"他沉浸在这种空幻的希望里，已心醉神迷了。

他在野地里走了半俄里路。墓地出现了。远方是一条漆黑的带子，既像是森林，又像是大花园，露出了白石砌的围墙、大门……月光下，可以读出大门上的字："大限临头……"斯塔尔采夫进了一个小门。他首先看见的是宽阔的林荫道两旁的白色十字架和墓碑，远处的四周也可以看见一些黑色和白色的东西。沉睡的树木将枝叶垂落在白色的石头上，形状十分清楚，墓碑上的题词也清清楚楚。刚进来时他感到有些惊讶，因为有生以来第一次看到这样的情景，以后大概也不会看到了；这完全是不同的另一个世界。在这里，月亮是如此美好、柔和，自己就像是睡在摇篮里似的。这里没有生命，任何生命都没有。不过每一棵黑色的白杨树、每一个坟墓都使人感到里面有一个许诺宁静、美好和永恒生命的秘密。石板、残花，以及秋叶的香气，都在传送着宽恕、哀伤和安宁。

周围一片静寂。星星从天空探视着这深邃的温顺。斯塔尔采夫的脚步声很响，与周围的气氛很不协调。只有当教堂的钟声敲响

了，而且他想象自己已经死去，永远埋在这里了的时候，他才感到有人在瞧着他。于是他立刻想到这并不是安宁，也不是恬静，而是一种子虚乌有的无声的烦闷和沮丧的绝望罢了……

捷梅季墓碑看上去像个小教堂，顶上有个小天使。从前有个意大利的歌舞团来过C城，团里一个女歌唱家死了就葬在这里，竖了这个墓碑。城里已经没有人记得她了。门口的油灯在月光的反照下，好像还在发光。

这里一个人也没有。是啊，半夜三更谁会到这里来呢？但是斯塔尔采夫在等着，仿佛月亮在为他的热情加温似的，他热情地等着，并且在想象着接吻和拥抱的情景。他在墓碑旁边坐了半个小时，后来在林荫道的一侧走来走去，手里拿着帽子。他一边等一边在想：这些坟墓里埋着多少个妇女和姑娘，她们过去都是美丽而且迷人的。她们都爱过，每到夜晚情欲勃发，便沉溺在爱抚里。其实，大自然母亲在多么歹毒地戏弄人啊！领悟到这一点又是多么地委屈啊！斯塔尔采夫这样想着，同样很想大喊一声，说他要爱情，不顾一切地等待爱情，在他看来，前面发白的不是一块大理石，而是美丽的肉体。他看见一些形体害臊地躲在树荫里，他感觉到了肉体的温暖。这种折磨多么使人难受啊……

好像是一块幕布落下来似的，月亮躲到云后面去了，忽然四周变得一团漆黑。斯塔尔采夫好容易才找到大门（这时天色漆黑，秋夜都是这么黑的）。后来他又走了一个半小时才找到自己停车的胡同。

"我累了，差不多站不住了。"他对潘捷列蒙说。

他全身轻松地坐到马车里，想道："唉，身体可真不该发胖！"

大作家讲的小故事

三

第二天傍晚,他到屠尔金家去求婚。但很不凑巧,叶卡捷琳娜·伊万诺夫娜正在自己的房间里请理发师替她梳头。她准备到俱乐部去参加舞会。

他只好又在饭厅里等很长时间,在那里喝茶。伊万·彼得罗维奇看见客人心事重重、烦闷无聊的样子,便从坎肩的口袋里掏出一张小字条,念了一封由一个管家的德国人写来的可笑的信,说什么"庄园里的一切矢口抵赖已坏了,腼腆垮台了"。①"他们要给的嫁妆大概不会少吧。"斯塔尔采夫一边想,一边心不在焉地听着。

由于昨晚没睡好觉,他一直处于呆然若失的状态,好像有人给他灌了许多甜蜜的催眠药似的,心里既昏昏沉沉,却又高兴、热乎乎的,同时脑子里却有一块凉冰冰的沉重的东西在争辩着:

"作罢吧,还来得及。你跟她般配吗?她娇生惯养,很任性,睡到下午两点才起床,而你却是教堂执事的儿子,地方自治局医生……"

"嗯,那又怎么样呢?"他想,"就让她这样好了。"

"而且,你若是娶了她,"那块东西继续说,"她的父母会逼你辞掉地方自治局的差事,要你住在城里。"

"嗯,那又怎么样呢?"他想着,"住城里就住城里呗。给我们嫁妆,我们就可以成个家了……"

叶卡捷琳娜·伊万诺夫娜终于进来了,她穿着露颈肩的舞会衣服,又好看,又洁净。斯塔尔采夫满心爱慕,高兴得连一句话也说不出来,光是看着她傻笑。

---

① 意思是:"铁门坏了,墙皮剥落了。"

她来告辞了。而他也没有必要再坐在这里了,于是也站起来说,他该回家了,还有病人在等着他。

"那就不留您了,"伊万·彼得罗维奇说,"请您顺路把科季克送到俱乐部吧。"

外面下起了雨,天很黑。只有凭潘捷列蒙的嘶哑的咳嗽声才能猜出马车在哪里。马车已支起了车篷。

"我是沿着地毯走,你是说谎话时走……"①伊万·彼得罗维奇一边说,一边把女儿扶上了马车,"他是说谎话时走……走吧!再见!"

他们走了。

"昨天我到墓地去了,"斯塔尔采夫说,"您是多么狠心,多么不善啊……"

"您去了墓地?"

"是的,我去了,等您等到差不多两点钟才离开。我等得好苦啊……"

"您既然不懂得开玩笑,那您就该吃苦头。"

叶卡捷琳娜感到非常得意。她竟如此巧妙地捉弄了一个爱上她的男人,而且这个男人爱她爱得那么强烈,她哈哈大笑起来。突然她惊吓地大叫一声,因为马车在进俱乐部大门急剧拐弯的时候,车身歪了一下。斯塔尔采夫抱住了叶卡捷琳娜的腰,她吓坏了,便依偎在他身上。他却忍不住狂热地吻她的嘴唇和下巴,拥抱得更紧了。

"够了。"她严厉地说。

转瞬间,她已不在马车上了。在灯火辉煌的俱乐部大门附近,一个警察用极其难听的声调向潘捷列蒙吆喝道:

---

① 这是一句开玩笑说的顺口溜。

大作家讲的小故事

"停下来干什么，你这呆鸟，快往前走！"

斯塔尔采夫坐车回家去了，可是不久又回来了。他穿一件别人的燕尾服，打着白色硬领结，不知为什么这个领结老是翘起来，从领口上滑开。午夜了，他坐在俱乐部的休息室里痴迷地对叶卡捷琳娜说：

"啊，那些从来没有爱过的人，是很少懂得爱的！我觉得，还没有任何人忠实地描写过爱情。这种温柔、欢愉、折磨人的感情未必能够写出来。而凡是感受过这种感情的人，哪怕只是一次，他就决不会把它用语言表达出来。不过，何必要讲许多开场白呢？何必去描述呢？何必要这些动听的废话呢？我的爱是无限的……我求您，我恳求您，"斯塔尔采夫终于说出口了，"做我的妻子吧！"

"德米特里·姚内奇，"叶卡捷琳娜·伊万诺夫娜带着很严肃的表情想了想，说道："德米特里·姚内奇，我非常感激您对我的看重，我尊敬您，不过……"她站起来，并继续站着说，"不过，对不起，我不能做您的妻子。德米特里·姚内奇，我们来严肃地谈一谈。您知道，在生活中我爱艺术甚于一切，我酷爱音乐，我爱音乐爱得发疯，我已把我的整个一生献给它了。我要做一个女演员，我要荣誉、成功、自由。而您却要我继续住在这个城里，继续过这种空虚、无益的生活，我已经无法忍受这种生活了。做您的妻子，不，对不起，人应当朝崇高的光辉的目标努力，家庭生活会捆住我的手脚。德米特里·姚内奇（这时她微微笑了笑，因为她一念到他的名字就想到'阿列克赛·菲奥费拉克迪奇'），德米特里·姚内奇，你是善良、高尚的聪明人，您比任何人都好……"她眼泪盈眶，"我真心地同情您……不过……您得明白……"

为了不至于哭出来，她转身，走出了休息室。

斯塔尔采夫的心已不再不安地跳动了。他走出俱乐部，来到街上，首先把硬领结扯了下来，并深深地叹了一口气。他觉得有点难堪，自尊心受到了损害。他没料到会遭到拒绝。他也不相信他的全部梦想、苦苦追求和希望竟会弄到如此荒谬的结局，就像业余演出里的某出小把戏一样。他为自己的感情、自己的爱情难过，难过得好像马上就要痛哭一场，或者抓起伞来朝潘捷列蒙宽大的背脊狠狠地摔过去。

一连三天，他什么事也做不成，吃不下，睡不着。不过当他听到叶卡捷琳娜·伊万诺夫娜到莫斯科进了音乐学院的消息时，他倒安静了下来，又过起了从前那样的日子。

后来他还经常想起他到墓地徘徊的情景，或坐着马车在全城找燕尾服的情景。他懒洋洋地伸着懒腰说：

"惹出了多少麻烦啊，真是！"

四

过去了四年。斯塔尔采夫在城里的医务工作十分繁忙，每天早晨他都匆忙地在嘉里日给病人看病，然后再到城里去给病人看病。现在他坐的车已不是由两匹马而是由三匹马拉的带小铃铛的马车了，每天都要到很晚才能回家。他胖了、发福了，由于害气喘病，他不愿意步行。潘捷列蒙也发胖了，而且他的腰身越宽，就越发悲伤地叹气，抱怨自己命苦：赶马车！

斯塔尔采夫到各个不同的家庭去诊病，会见过许多人，但跟谁也不亲近。小市民的谈吐、他们对生活的看法，甚至他们的外表，都使他生气。经验慢慢地使他知道，当他同小市民一块玩牌或者吃饭时，这个人多少还算是平和、宽厚，甚至是不笨的人，可是只要谈的不是吃饭，比方谈些政治或科学方面的事情，此人准会变得茫然，或者就是愚笨地凶狠地大发议论，这时他只好摆摆手，一走了事。

大作家讲的小故事

斯塔尔采夫曾试着与哪怕思想上比较自由的人聊一聊，比方谈到人类总还算在进步，将来人类会取消公民证和死刑时，此人竟斜着眼不相信地看着他，并且问道："就是说，到那时大家都可以在大街上随便杀人了？"若是斯塔尔采夫在交际场合中吃晚饭或喝茶时，谈到一个人必须工作，生活中不能缺少劳动，那些人便会把这些话看做是一种训斥，生气起来，没完没了地争论。然而这些小市民却什么也不干，根本对什么都不感兴趣，因此简直就想不出能跟他们谈什么。

于是斯塔尔采夫避免谈话，只是吃饭或玩"文特"。①遇上哪家喜庆请客邀他去吃饭时，他就坐着一声不响地吃饭，眼睛看着盘子，这时他们所说的一切他都觉得没有意思，不公平、愚蠢；他感到气愤、激动，但是不吭声。由于他经常严峻地一言不发，眼睛看着盘子，城里人就给他起了个外号叫"骄傲的波兰人"，尽管他从来就不是波兰人。

像戏剧和音乐会这一类的娱乐他不参加，但他每天晚上都要玩上三个钟头的"文特"，玩得十分入迷。他还有一个嗜好，这是他不知不觉慢慢地养成的：每天晚上都要从口袋里把看病赚来的钱拿出来仔细地数一数，这些黄色和绿色的票子，有些带香水味，有些带酸醋味，有些带神香味，有些带鱼油味。有时衣袋里塞得满满的，差不多有七十个卢布。等凑满几百卢布时，他就拿到信用公司去存活期储蓄。

叶卡捷琳娜·伊万诺夫娜走后的整整四年中，他只到屠尔金家去过两次，那是应薇拉·约瑟福夫娜的邀请去的，她还在治偏头痛的病。叶卡捷琳娜·伊万诺夫娜每年夏天回来探亲住几天，但他一次也没有见到她，不知怎么的，都错过了。

①一种牌戏。

不过，四年过去以后，一个安谧的温暖的早晨，医院里送来了一封信，那是薇拉·约瑟福夫娜给德米特里·姚内奇写的，说是她非常想念他，请他一定要去看她，帮她减轻病痛，而且今天正好是她的生日。信下面还附着一笔："我也和母亲一起发出邀请——叶卡。"

斯塔尔采夫想了想，晚上就到屠尔金家去了。

"啊，你好！"伊万·彼得罗维奇迎接他，只有眼睛在笑，"崩茹尔杰①。"

薇拉·约瑟福夫娜变得老多了，一头白发。她跟斯塔尔采夫握手，不自然地叹口气说：

"大夫，您不愿意向我献殷勤了。您老不到我的家来，我已经老了，不配了。不过现在有一个年轻的来了，也许，她的福气会好一些。"

而科季克呢，她变瘦变白了，但也更漂亮更匀称了。不过现在她已经是叶卡捷琳娜·伊万诺夫娜而不是科季克了，已经没有过去的青春气息和稚气的天真表情了。在她的眼神和举止姿态里有了点新的东西——一种拘谨的、畏葸的神态。在这里，在屠尔金家里，好像不是在自己家里似的。

"很久没有见面了！"她说，向斯塔尔采夫伸出了手。看得出来，她心里有点不安。她带着好奇心仔细地看着他的脸，接着说："您长得好胖！也晒黑了，更健壮了，不过，总的说来，您的变化不大。"

就是现在他也喜欢她，很喜欢，不过她身上已缺少了点什么东西，或者是多余了点什么东西，他自己也说不清楚到底是怎么回事，可是有一种东西妨碍着他，使他没有了过去那种感觉。他不喜

---

① 法语和俄语的合成词"您好"，也是为逗笑而用的。

大作家讲的小故事

欢她那苍白的脸、新的表情、淡淡的微笑和声音。一会儿连她的连衣裙、她坐的圈椅他也不喜欢了。他回想过去几乎要娶她的时候所发生的一些事，他也不喜欢。他一想起四年前曾使他激动过的爱情、幻想和希望，就感到不自在。

他们喝了茶，吃了馅饼，然后由薇拉·约瑟福夫娜大声朗读长篇小说，朗读那生活里从不会有的事。斯塔尔采夫听着，看着她那白发苍苍的美丽的脑袋，等待她念完。

"不会写小说还不算蠢，"他想道，"写了小说而不会藏起来，那才是蠢。"

"真不赖。"伊万·彼得罗维奇说。

然后是叶卡捷琳娜·伊万诺夫娜弹钢琴。她弹得很响很久，弹完后大家久久地向她道谢，赞扬她。

"啊，幸亏没有娶她。"斯塔尔采夫想。

"我们谈一谈吧，"她走到他跟前说，"您生活得怎么样？您在做什么？还好吗？这些天我一直在想着您，"她神经质地继续说，"我本来想给您写信，也想亲自到嘉里日去看您，而且我已经准备去了，可后来又打消了念头——天知道您现在对我有什么看法。看在上帝面上，我们到花园去吧！"

他们走进花园，在老枫树下面的长凳上坐下来，就像四年前那样。天漆黑。

"您过得怎么样呢？"叶卡捷琳娜·伊万诺夫娜问道。

"没有什么，老样子。"斯塔尔采夫回答说。

他再也想不出别的什么话了。他们沉默着。

"我很兴奋，"叶卡捷琳娜·伊万诺夫娜说，双手捂住了脸，"不过，您不要在意，我在家里这么好，看见大家是这么快活，我还没能习惯。有多少可回忆的东西啊！我觉得我们说不定会一口气

谈到天亮呢。"

现在他很近地看到她的脸,她的发亮的眼睛。在这里,在黑暗里,她好像比在房间里更年轻了,甚至好像从前的那种稚嫩的表情也回到了她的身上,而且她也的确是以一种天真的好奇的神情望着他,好像要更近一点,仔细地看一看并了解一下这个曾经那样热烈、那样温柔,却又是那么不幸地爱过她的人。为了这种爱,她的眼睛在向他表示感谢。他也想起了过去发生过的事情,及一切最微小的细节:他如何地在墓地上徘徊,然后在凌晨又多么疲劳地回到家里。他突然感到很悲伤,为往事而自怜。他心里点燃了一团火。

"您还记得那个晚上我怎样送您去俱乐部吗?"他说,"当时下着雨,天黑了……"

心里的火越来越旺地燃烧起来。他要诉说,要抱怨生活了……

"唉!"他叹口气说,"您在问我过得怎么样,我们在这里过的是什么生活啊?简直没法说。我们老了,发胖了,不中用了。一天一夜,一昼夜算完了,生活悄悄地过去,没有生气,没有印象,没有思想……白天赚钱,晚上去俱乐部,那里全是牌迷、酒鬼、嗓音沙哑的人。我现在简直受不了这些人。有什么好谈的呢?"

"可是您有工作,有崇高的生活目标。您以前是那么喜欢谈您的医院。我当时是一个怪女孩,想象自己是一位伟大的钢琴家。如今所有的小姐都在学钢琴,我也和大伙一样弹钢琴,没有一点特别的地方。我做钢琴家就像妈妈当作家一样,没有多大的能耐。当然,我那时候没有理解您,但是后来我在莫斯科却老是想着您,我只想着您。做一个地方自治局的医生,帮助病人,为人民服务,这有多么幸福,多么幸福啊!"

叶卡捷琳娜·伊万诺夫娜反复地说,"我在莫斯科想到您的时

大作家讲的小故事

候，您在我的想象中是多么完美，多么崇高啊！……"

斯塔尔采夫想起了每天晚上从袋子里把钞票拿出来，心满意足地数数的情景，心里的那团火就熄灭了。

他站起来，要回房子里去。她挽着他的胳膊。

"您是我在生活中认识的人当中最好的人。"她接着说，"我们还将会常见面、谈天，对吗？答应我吧。我不是什么钢琴家，我不会发蒙了，我也不会再在您面前弹钢琴，不再谈到音乐的事了。"

当他们走到房子里时，斯塔尔采夫在傍晚的灯光下看见她的脸，看见她那忧郁的、感激的、出神地注视着他的眼睛，他感到不安起来，又一次想道：

"幸亏我当时没有娶她。"

他起身告辞。

"按照罗马的法律，您可没有任何理由不吃饭就走，"伊万·彼得罗维奇一面送他，一面说，"您的态度太耿直了。喂，你来表演一个吧。"他在前厅对帕瓦说。

帕瓦已经不是小孩子了，而是留着唇髭的青年了。他拉开架式，抬起胳膊，用悲怆的声音说：

"死吧，不幸的女人！"

这一切都使斯塔尔采夫感到不快。他坐上马车，看着那黑糊糊的房子和花园。这一切曾经对他是多么亲切和珍贵啊。他立即记起了当时的一切：约瑟福夫娜的长篇小说，科季克的响亮的琴声、伊万·彼得罗维奇的俏皮话和帕瓦的演悲剧的姿势。于是他想：既然全城最有才华的人都如此庸碌，那么，这个城市还会是什么样子呢？

过了三天，帕瓦送来一封叶卡捷琳娜·伊万诺夫娜写的信。

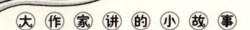

大作家讲的小故事

"您不上我的家来了,为什么呢?"她写道,"我担心您对我们变心;我担心,我想到这一点就感到害怕。请您不要让我担心,来吧,并且告诉我,一切都好。

"我必须跟您谈一谈。您的叶·屠。"

他读完信,想了想,对帕瓦说:

"伙计,你去告诉她,今天我不能来,我很忙。你告诉她,我过三天再来。"

但是过了三天,过了一星期,他还是没有去。有一次,他坐车路过屠尔金的家,才想起来应该到他家去坐一下才对。可是他想了想,还是没有进去。

后来他再也没有去屠尔金的家了。

五

又过了几年,斯塔尔采夫变得更加胖了,满身脂肪,呼吸困难,走起路来,脑袋往后仰。每当腰圆体胖、满面红光的他坐上带小铃铛的三套马车时,同样是腰圆体胖、满面红光的潘捷列蒙也挺着其长满了肉的后脑壳坐在车夫座上,向前伸出两条笔直的像木头一样的胳膊,朝对面过来的人大声叫喊着:"靠右走!"这幅图画是十分动人的!而且使人觉得,坐在车上的不是人,而是多神教的神。他在城里的医疗业务规模很大,没有喘息的时间。他已经有了一个田庄和两所城里的房子。每当他听说互助信用社里有房子出卖时,他就毫不客气地来到这所房子,走进每个房间,也不管房间里那些没有穿好衣服的妇女和孩子们惊讶地恐惧地看着他,便用拐杖戳着所有的门说:

"这是办公室?这是卧室?那这又是什么室呢?"

这时他便气喘吁吁,擦去额头上冒出来的汗水。

他有很多事务，但他还是不放弃地方自治局的职位。他很贪心，哪一方面都不想放手。不论在城里还是在嘉里日，大家干脆称他为"姚内奇"："这个姚内奇要上哪儿去？"或者是，"是否要请姚内奇来会诊？"

也许是由于喉咙里长上了一层肥油吧，他的嗓音变了，变得又尖又细，他的性格也变了，变得脾气很坏，很暴躁。他对病人也经常发脾气，很不耐烦地用手杖敲击地板，用很难听的声音嚷道：

"请您只回答我的问题！别废话！"

他孑然一身。他过着枯燥的生活，对什么也不感兴趣。

他在嘉里日居住的那些日子里，对科季克的爱情是他唯一的一件乐事，而且恐怕也是最后的一件乐事。每天傍晚他都到俱乐部玩"文特"，然后一个人坐在一张大桌子旁边吃晚饭，伺候他的是一个年纪最老也最受尊敬的服务员伊万。伊万给他送去"第十七号拉菲特酒"。俱乐部里所有的人——不论是主任、厨师还是服务员，都知道他喜欢什么，不喜欢什么，都竭尽全力满足他，否则，他会突然发起脾气来，拿起手杖敲打地板。

吃晚饭的时候，有时他会转过身来，对人家的谈话插上几句：

"你们在说什么？啊？说谁？"

有时邻桌有人谈及屠尔金家，他就问：

"你们这是在谈哪个屠尔金？是有个弹钢琴的女儿的那一家吗？"

关于他的事，所能说的，就是这些了。

屠尔金一家呢？一点儿也没有变化，伊万·彼得罗维奇还是像过去那样，他一点儿也没有变化，老是说俏皮话，说笑话。薇拉·约瑟福夫娜也像过去那样喜欢给客人朗诵自己的长篇小说，朗诵得热心而又朴实。科季克每天弹四个钟头的钢琴，她明显地见老

大作家讲的小故事

了,常常生病,每年秋天都跟母亲一起到克里米亚去。伊万·彼得罗维奇送她们上车站。开车时,便拭擦着眼泪,大声说:

"再见吧!"

他挥动着手绢。

赏析与品读

契诃夫是一位严肃的批判现实主义的作家,他不仅准确地把生活的本来面目艺术地反映出来,而且通过讽刺和幽默的笔触,把社会上种种庸俗、卑劣和愚昧挑出来并且戳破给人看。

小说《姚内奇》在平淡的叙说中刻划了一群自私自利、蜷伏于个人幸福小天地的庸人,显露出这些小人物的空虚心灵。契诃夫总是客观而精辟地剖析出一些人物的内心,在表面上没有破绽的地方看出破绽,在堂而皇之的生活中找出瑕疵,在琐碎中揭露出小人物们的庸俗特性——姚内奇和屠尔金一家,都是一些没有自觉性、没有新生活理想、丧失了人的主体精神的可怜之人。在同时,契诃夫也启迪了读者为尊严和社会正义而奋斗的精神。

宝贝儿

● 带着问题读一读，你会收获更多 ●

1. "宝贝儿"是怎样的一个人？
2. 请为"宝贝儿"的人生设想一个最后的结局。

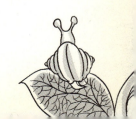

大作家讲的小故事

奥莲卡①是退休八品文官普列米扬尼科夫的女儿。她坐在院子里的门廊上，在想事。苍蝇纠缠不休地盯着人，十分令人讨厌。不过令人高兴的是，天很快就要黑了。一堆黑色的云雨正从东方推移过来，并从那里吹来一股潮湿的空气。

库金，一个剧院的班主、"季沃里"游乐场的老板（他就住在这个院子的一个厢房里）正站在院子的中央，望着天空。

"又要！"他懊丧地说，"又要下雨了！天天下雨，天天下雨，好像是故意跟我作对！这是要我上吊，这是要我破产！每天都要赔上可怕的一笔钱！"

他双手一拍，继续对奥莲卡说："你瞧，奥丽加·谢苗诺夫娜，这就是我们所过的日子。我真要大哭一场！尽管你不停地工作，尽心尽力、夜不能寐，总想把工作干得更好一些，可结果又怎么样呢？首先，观众是没有礼貌的野蛮人，我想给他们一些优秀的小歌剧、梦幻剧、最好的演唱家，但是，他们难道需要这些吗？他们难道看得懂吗？他们需要粗俗的表演！给他们一些鄙俗的东西就行了。其次，您就看看这天气吧，几乎是天天晚上下雨，从五月九日开始下，后来就连续不停地下了整整一个五月和六月，简直可怕！观众一个也不来，可是戏院的租金我还不得照样付？演员的工资不也得照样发吗？"

第二天傍晚，乌云又逼近了。库金歇斯底里地哈哈大笑说：

"那又怎么样呢？要下就下呗！就把整个花园灌满水吧，把我也淹死吧！让我这辈子和下辈子都倒霉吧！让演员们把我送交法庭吧！法庭算得了什么？干脆把我发配到西伯利亚做苦役去好了！干脆送我上断头台好了！哈哈哈！"

到第三天还是一样……

---
① 奥莲卡是奥丽加的爱称。

奥莲卡默默地认真地听着库金的话,有时热泪盈眶。终于,库金的不幸感动了她,她爱上他了。他又小又瘦,脸色蜡黄,鬈发向两边分开,用尖细的男高音说话,一说话就撇嘴。他总是灰心失望的样子,但他还是引起了她对他的真正的深厚的感情。她老得爱一个人,不这样她就不行。以前她爱她的爸爸,现在他有病,在一个黑暗的房间里坐在圈椅上,呼吸困难。她爱过自己的姑妈,她姑妈常常是隔两年从布良斯克来一回。再早一点,她在上初中的时候,曾爱过自己的法语教师。她是一个娴静的、心地善良的、富有怜悯心的小姐,目光温顺而柔和,身体很健康。她那胖胖的玫瑰色的脸蛋儿,她那长有一颗黑痣的柔软而又白净的脖子,她那一听到什么开心事就在脸上绽开的善良而又天真的笑容,男人要是看见了,就会想道:"是的,真不错……"并且也会微笑起来。那些做客的太太们呢,则情不自禁地常常在谈话中间忽然拉住她的手,满心高兴地说:

"宝贝儿!"

她从出生之日起就一直住在城边茨冈区这所房子里。它离"季沃里"游乐场不远,而且她父亲在遗嘱里已把这房子登记在她的名下。每到傍晚和夜里,她就听见游乐场里的奏乐,爆竹噼啪响,她觉得这是库金在跟自己的命运作战,而进攻他的主要敌人是冷漠的观众。她的心甜蜜地屏息了,因此她无法入睡。当早晨他回到家里时,她就轻轻地敲敲自己卧室的窗户,透过窗帘只对他现出她的脸和一个肩膀,温柔地微笑着……他向她求婚,他们便结婚了。等他好好地看清了她的脖子和丰满健康的肩膀,便双手一拍,说道:"宝贝儿!"

他是幸福的,可是他结婚那天和后来整个晚上都下雨,灰心失望的表情一直没有从他的脸上消失。

大作家讲的小故事

婚后他们生活过得很好。她管卖票，照料游乐场的日常事务，记账，发工资。她那玫瑰色的脸蛋儿，她那可爱、天真、灿烂的笑容，时而在票房的小窗口里，时而在后台，时而在小卖部里闪现。她还常常对自己的熟人说，世界上最出色、最重要、最必需的东西——就是戏院，而且只有在戏院里才能得到真正的快乐，才会变得有教养和有人道精神。

"但是他们懂得这些吗？"她说，"他们只要看粗俗的表演！昨天我们上演了改编过的《浮士德》，几乎全部包厢都空着；要是万尼奇卡和我给他们上演一出庸俗的戏，那您就相信好了，剧院准会挤得满满的。明天万尼奇卡和我将上演《俄尔浦斯在地狱》，您就来看吧。"

关于剧院和演员，库金说什么，她都重复一遍。她也和库金一样，瞧不起观众，因为观众对艺术冷漠、无知。彩排的事她也干预，去纠正演员的动作，监视乐师们的行为。遇到地方报纸对剧院有不满意的评论时，她就哭鼻子，然后到编辑部去解释。

演员们喜欢她，称她为"万尼奇卡和我"，或"宝贝儿"。她同情演员，有时借点钱给他们。要是她偶尔受了骗，她也不告诉她丈夫，而是自己偷偷地哭一会儿。

冬天他们的日子也过得很好。他们把本地剧院整个冬天都租了下来，然后短期地或者出让给小俄罗斯剧团，或者出让给魔术师，或者出让给本地的业余爱好者演出。奥莲卡长胖了，她心满意足，满面红光；而库金则瘦了，黄了，他抱怨亏蚀太多，尽管整个冬天他的生意并不坏。天天晚上他都咳嗽。她就用马林果和菩提树花煮水给他喝，用香水给他擦身，拿柔软的披巾把他裹起来。

"你多么让我心疼！"她十分诚恳地说，一面抚平他的头发，"你真是我心爱的人！"

在复活节前的大斋期，他到莫斯科去请剧团。没有他她就睡不着，老坐在窗口望着星星。这时她就把自己比作母鸡，当公鸡不在窝时，母鸡也是整夜睡不着觉，心神不定。库金在莫斯科要耽搁一段时间，写信说，要到复活节才能回来。信里还交代了"季沃里"的几件事。可是在受难节的前一个星期，忽然深夜响起了不祥的敲门声。有人使劲敲门，就像捶一个大桶似的——嘭嘭嘭！没有睡醒的厨娘光着脚踏着水泥地，跑去开门。

"劳驾，开门！"有人在门后用喑哑的男低音说，"有你们的电报！"

奥莲卡过去也接到过丈夫的电报，现在她不知为什么，愣住了。她用发颤的手拆开电报，读到如下的内容：

伊万·彼得罗维奇今天突然去世。

星期二究应何何安葬请吉示。

"何何安葬"——电报里就是这么写的。还有一个更不能懂的"吉"字。下面是歌剧团导演的签字。

"我的亲人呀！"奥莲卡放声痛哭起来，"万尼奇卡，我亲爱的！为什么我以前会与你相遇？为什么我要认识你并爱上你啊！你把你可怜的奥莲卡，可怜的、不幸的人丢给谁啊？……"

星期二库金被安葬在莫斯科瓦冈科沃墓地。星期三奥莲卡就回到家，刚踏进自己的房间，就趴在床上大哭起来，声音大得连邻院都听得见。

"宝贝儿啊！"邻居们在胸前画着十字说，"亲爱的奥丽加·谢苗诺夫娜，妈呀，多么难过！"

三个月后的一天，奥莲卡做完弥撒回家，还在服丧期间，她十分悲伤。正好有一个她的邻居瓦西里·安德烈伊奇·普斯托瓦洛夫也是从教堂回家，与她并排走着。他是商人巴巴卡耶夫木材场的

大作家讲的小故事

经理。戴一顶草帽,穿着带有金链子的白色坎肩。他的样子像是地主,而不像商人。

"一切事情都是上帝安排好了的,奥丽加·谢苗诺夫娜,"他带一种同情的语调庄重地说,"如果我们的亲人死了,那也是上帝的意愿。在这种情况下我们应该想开一点,多忍受一点才对。"

他把她送到围墙门口,向她道了别就往前走了。这之后,她整天都听见他的庄重的声音,闭上眼睛,就仿佛看见他的黑胡子。她很喜欢他。看来,她给他也留下了印象,因为不久后就有一位她不大熟的上了年纪的太太到她家里来喝咖啡。这位太太刚在桌边坐下,就立即谈起普斯托瓦洛夫来,说他是一个很好的、可靠的人,并且说,所有的到了结婚年龄的姑娘都愿意嫁给他。过了三天,普斯托瓦洛夫本人也亲自上门拜访来了。他坐的时间不长,不过十分钟,而且说话也很少,但奥莲卡已经爱上他了,而且爱得那么深,整宿都没有睡着,浑身发热,像得了热病似的。第二天她就派人去请那位上了年纪的太太。很快就商定了婚事,随后便举行了婚礼。

普斯托瓦洛夫与奥莲卡结婚后,生活过得很好。通常他在木材厂里上班,直到吃午饭,然后出去办事。这时奥莲卡就代替他坐在办公室里,记账,出卖货物,直到傍晚。

"如今木材年年都涨价,每年涨百分之二十。"她对顾客和熟人说,"请主宽恕我们吧,过去我们卖的是本地木材,如今呢,瓦西奇卡①每年都得到莫吉廖夫省去办木材了,要多少运费啊!"她说,双手捂住了脸,"要多少运费啊!"

她觉得,她好像已经做了很久很久的木材生意了,生活中最重要、最不可少的就是木材,什么长方木、原木、薄木、薄木板、薄木包板、水苣荚木、板条、抱架木、毛板……这些词在她听来都有

---

① 瓦西奇卡是瓦西里的爱称。

一种亲切的、动人的东西。每天晚上她睡觉的时候，都梦见堆积如山的木板和薄木板，梦见一长串看不到尽头的大车载着木材运到城外很远的什么地方去。她还梦见一大批高十二俄尺、宽五俄寸的原木竖着移到木材场去，打起架来了，于是原木、长方木、毛板彼此碰撞着，发出干木材的沉闷的声音，全都倒了下去，然后又都竖了起来，相互重叠起来。奥莲卡在梦中叫起来，普斯托瓦洛夫便温存地对她说：

"奥莲卡，你怎么啦，亲爱的？在胸前画个十字吧。"

丈夫有什么思想，她也就有什么思想。如果丈夫认为房间里热，或者认为现在生意变得清淡了，那么她也是这样认为。她丈夫不喜欢任何娱乐，节日都待在家里，她也同样待在家里。

"你们总是待在家里或办公室里，"熟人对她说，"你们应该去看戏，或者去看看马戏。"

"我和瓦西奇卡没有工夫去剧院，"她庄重地回答说，"我们是要工作的人，顾不上这些琐事，看戏有啥好处呢？"

每星期六普斯托瓦洛夫和她都去做彻夜祈祷，节日便去做晨祷。他们双双从教堂出来回家时，总是带着深受感动的面容，从他们俩身上发出一股好闻的气味，她那绸子的连衣裙也发出愉快的沙沙声。在家里，他们喝茶，吃奶油面包和各种果酱，然后吃馅饼。每天中午，在院子里，在大门外的街上都可以闻到红菜汤、烧羊肉或烤鸭的香甜气味。在斋戒日就有鱼的气味，谁经过他们家门口，就不能不犯馋。在办公室里则总是茶炊滚沸，他们招待顾客们喝茶，吃小面包圈。他们夫妇每星期去澡堂一次，两人肩并肩回来的时候，脸色绯红。

"没有什么，我们过得很好，"奥莲卡对熟人说，"感谢上帝，但愿所有的人都过得像瓦西奇卡一样好。"

大作家讲的小故事

每当普斯托瓦洛夫到莫吉廖夫省去买木材时,她就感到寂寞,非常想他,彻夜不眠、哭泣。斯米尔宁,一个部队的兽医,年轻人,就寄住在她家的厢房里。有时晚上来看她,跟她聊天、打牌,给她消愁解闷。特别有趣的是,他谈到了自己的家庭生活:他已经结婚,有一个儿子,可是他跟妻子分手了,因为她背叛了他,现在他还恨她,他每月给她寄四十卢布作为儿子的赡养费。奥莲卡听到这些,就叹气、摇头,替他难过。

"好吧,让上帝保佑您,"跟他告别时她对他说,并拿着蜡烛送他下楼梯,"谢谢您来给我解闷了。愿上帝赐给您健康,圣母……"

她总是学着丈夫的样子,表现得十分庄重,十分谨慎。兽医已经走到楼下门外,她还喊住他说:

"要知道,弗拉基米尔·普拉托内奇,您应该跟您的妻子言归于好,哪怕是为了儿子,您也要原谅她!……不要怕,小家伙一切都会明白的。"

普斯托瓦洛夫回来后,她就小声地把兽医和他的不幸的家庭生活告诉他。他们两人都叹气、摇头,并谈论那小孩,说他一定想他的父亲。后来,由于发生了某种奇怪的思想流向,两人都到圣像面前去磕头,祈求上帝赐给他们孩子。

普斯托瓦洛夫夫妇就这样恩恩爱爱,十分和谐、平静和睦地过了六年。可是,您瞧,一年冬天,瓦西里·安德烈伊奇在木材场喝了热茶,没戴帽子就出去卖木材,得了感冒,病倒了。给他请了最好的医生治疗,可是病没有治好,过了四个月他就死了。于是奥莲卡又成了寡妇。

"我亲爱的人,你把我丢给谁啊?"丈夫安葬后,她号啕痛哭道,"没有你,我这个苦命的、不幸的女人现在怎么活下去啊?善

良的人们,可怜可怜我这个孤苦伶仃的人吧……"

她穿着黑色衣服,缀上丧章,决定永远不戴帽子和手套。她深居简出,只是有时到教堂或丈夫的坟墓上去。她跟修女一样待在家里。直到过了六个月以后,她才拿下白丧章,打开护窗板。有时可以看见她早晨跟自己的厨娘一块儿到集市上去买食品。不过现在她在家里如何生活,她家里有什么事,就只能靠猜测了。比方有猜测说,常看见她在自己家的花园里跟兽医一起喝茶,他给她大声朗读报纸上的新闻;又说她在邮局碰见一个熟识的太太,她对那位太太说:

"我们城里缺乏兽医的正确监督,因此有许多病流行。常常听人说,人们是由于喝牛奶得病的,从马和牛那里传染来的病。实质上,对家畜的健康应像对人的健康一样重视才对。"

她重述了兽医的思想。而且现在对一切事情的见解,她都跟他一样了。

显然,要是不依恋一个人,她就连一年也活不下去;她在她家的厢房里找到了新的幸福。要是别人这样做,准会受到指责,不过对于奥莲卡,则谁也不会往坏里想,她生活里的一切大家都十分理解。他们两人关系中所起的变化,她和兽医都没对任何人讲,他们都极力隐瞒着。不过他们没有成功。因为奥莲卡无法保守秘密。每当他家里来了客人(他部队里的同事),她都要去给他们斟茶,或招待他们吃晚饭,并谈起牛瘟、家畜的结核病,以及城里的屠宰场等。而他呢,弄得非常尴尬。当客人走了之后,他就抓住她的手,生气地小声说:

"我已经求过你不要谈那些你不懂的事!我们兽医之间谈话时,请你不要插嘴。这真叫没趣!"

她诧异而又吃惊地望着他,问道:

大作家讲的小故事

"沃洛季奇卡,那我说什么呢?"

她含着眼泪搂住他,求他不要生气。

于是两人又感到很幸福。

可是这种幸福持续的时间并不长,兽医便跟随部队离开了她,永远离开了,因为部队调到了很远的地方,也许是西伯利亚吧。于是奥莲卡又成了孤单一人了。

现在她已经完全孤独了。父亲已去世,他的圈椅被扔在了阁楼里,缺少一条腿,满是灰尘。她瘦了,也变丑了,街上碰到的人也不再像从前那样瞧着她,不再对她微笑了。显然,美好的年华已经过去,今非昔比了。现在开始了一种新的生活,一种她不知道的生活。关于这种生活,最好还是不要去想。每天晚上,奥莲卡坐在台阶上,听得见"季沃里"的乐队奏乐,鞭炮噼啪响。不过这已不能引起她的任何思想了。她冷漠地看着自己的空院子,什么事情也不想,什么东西也不要,等黑夜到来,就上床睡觉,梦见的是自己的空院子。吃饭、喝茶也像是出于不得已似的。

最糟糕的是,她现在什么主见也没有了。她看得见周围的东西,也知道周围发生的一切,可就是对什么都不能形成自己的见解,也不知道说什么好,没有任何见解。这是多么可怕啊!比方,你看见一个瓶子放着,看见天在下雨,看见一个庄稼汉坐着马车过去,可是你就说不出那瓶子、那雨和那个庄稼汉为什么存在,它们有什么意义,甚至给你十个卢布,你也什么都说不出来。当初库金或普斯托瓦洛夫在的时候,和后来兽医在的时候,奥莲卡对一切事情都能解释,对随便什么事都能说出自己的见解,可如今她的脑子里和心里却空空如也,就像她那个空院子一样。生活变得如此可怕,如此痛苦,就像吃苦药一样。

城市慢慢地从四面八方扩展开来,原来的茨冈郊区现在已称为大街了,原来的"季沃里"游乐场和木材场也变成了一座座房子,组成了一条条胡同。时间过得真快啊!奥莲卡的房子变黑了,房顶生锈了,板棚也倾斜了,整个院子长满了杂草和带刺的荨麻。奥莲卡自己也老了,变丑了。夏天,她坐在门廊里,心里跟从前一样,空虚而又寂寞,有一种苦药的滋味。冬天,她坐在窗口,望着雪。春天来了,或者风儿送来教堂的钟声,往事的记忆会突然涌上心头,她的心甜蜜地紧缩起来,眼睛里注满泪水。不过这种情况也不过是一瞬间,过后心里又是一片空虚,自己也不知道为什么要活着。小黑猫克雷斯卡向她表示亲热,柔声地咪咪叫着。可是猫的这种温存并不能使奥莲卡感动。难道她要的是这个吗?她要的是能抓住她的整个身心、整个灵魂和理智的爱,能给她生活方向、能温暖她渐渐衰老的心的爱。她把黑猫克雷斯卡从裙子上抖落下来,懊丧地对它说:

"走开,走开!……别待在这儿!"

就这样,一天又一天,一年又一年,没有一点快乐,没有一点主见,厨娘玛芙拉说什么她都不反对。

炎热的七月的一天,临近傍晚,城里的牲口群刚从街上赶过来,院子里满天灰尘像云一般。突然有人敲围墙的门,奥莲卡亲自去开门,一看马上愣住了:门外站着的是兽医斯米尔宁,他已头发斑白,一身便服。她突然想起了一切,情不自禁地哭了起来,把头偎在他的胸口,一个字也说不出来。由于太激动,她竟没有注意他们后来是怎样走进房间里,怎样坐下喝茶的。

"我的亲人!"她小声地说,高兴得全身发抖,"弗拉基米尔·普拉托内奇!上帝把你从哪里带来的呢?"

"我要在这里长期住下去了,"他说,"我一退休,就到这里来,打算试一试运气,自己谋生,过安定的生活。况且我的儿子也

大作家讲的小故事

要上学了,他长大了。您知道吗?我已经与妻子和好了。"

"她在哪儿呢?"奥莲卡问道。

"她和儿子在旅店里,我这是出来找住处的。"

"主啊,我的老天爷,你们就住我的房子好了!这里不能住吗?主啊,我一个钱也不会收你们的,"奥莲卡急了,又哭起来,"你们住在这里,我搬到厢房去就行啦。我很高兴,主啊!"

第二天就把房顶油漆了,墙也刷白了。奥莲卡两手叉着腰,在院子里走来走去,发号施令。她的脸又露出了昔日的笑容,她整个人又复活了,精神了,就像睡了很久,刚刚清醒过来一样。兽医的妻子来了,她是一个瘦瘦的、不漂亮的女人,留着短头发,带一种任性的表情。孩子萨沙也跟她来了。小男孩胖胖的,有一双明亮的蓝眼睛,两腮有两个酒窝,他个子很小,小得跟他的年龄不相称(他已经十岁了)。小男孩一走进院子,就去追赶小猫,立即响起了他那欢快的高兴的笑声。

"婶婶,这是您的猫吗?"他向奥莲卡问道,"等您的猫下了崽,请您送给我们一只吧,妈妈很怕耗子。"

奥莲卡跟他聊天,给他喝茶。她心里突然感到热乎乎的,甜蜜地收紧,仿佛这个小男孩就是她的亲生儿子。每当晚上,他坐在饭厅里复习功课时,她就带着柔情和怜悯瞧着他,低声地说:

"我的小宝贝,漂亮的小伙子……我的小乖乖,你多么聪明,多么白净。"

"海岛者,"他念道,"是一块陆地,周围皆水也。"

"海岛者,是一块陆地……"她跟着念。经过多年的沉默和思想空虚后,这是她第一次坚定地说出自己的意见。

她如今又有自己的见解了。吃晚饭的时候,她与萨沙的父母谈话时说,现在孩子们在中学学习有困难,不过传统教育还是比实

大作家讲的小故事

科教育好,因为中学毕业后路子很宽,可以当医生,也可以当工程师。萨沙开始上中学。他母亲则去哈尔科夫她妹妹家了,并且再没有回来。父亲每天都出去给牲口看病,常常是一连三天不住在家里。奥莲卡觉得,萨沙完全没人照管,成为家里的多余人了,他会饿死的。于是她把孩子迁移到自己的厢房里。在那里安排了一个小房间。

萨沙已经在她的厢房里住了半年。每天早晨她都到他房间里去。他睡得很熟,手放在脸颊下面,屏住呼吸。她还不忍心叫醒他。

"萨什卡!"她难过地说,"起来,亲爱的,该上学了。"

他起床,穿衣服,祈祷完后,坐下来喝早茶。他喝了三杯茶,吃了两个大面包圈和半个法式奶油面包。他还没有完全从睡梦中清醒过来,所以情绪不好。

"萨什卡,你还没有完全学会那个寓言呢,"奥莲卡说,看着他,好像要送他出远门似的,"你真让我操心,你该努力,亲爱的,学习……要听老师的话。"

"哎呀,就请您别管啦!"萨沙说。

后来他顺着大街上学去了。他人这么小,却戴一顶大帽子,背着一个书包。奥莲卡不声不响地跟在他身后走。

"萨什卡!"她喊道。

他回过头来,她便往他手里塞一个枣子或一块夹心糖。当他们拐弯进入他学校所在的那条胡同时,他就变得有点不好意思了,因为在他后面还跟着一位又高又胖的女人,他便回过头来说:

"婶婶,您回家去吧,现在我自己能走到了。"

她停下来,目不转睛地看着他的背影,直到他消失在校门口为止。哎呀,她多么爱他!她过去的几次依恋还没有一次有这么深,她的母性感情越烧越旺了,以前她从来没有像现在这么忘我地、无私地和愉快地交出自己的心灵。为了这个别人的孩子,为了这个两颊有酒窝、头上戴便帽的孩子,她可以献出自己的整个生命,而且会愉快地带着温柔的眼泪献出来。为什么呢?谁知道是为什么呢?

送萨沙上学后,她便静静地回家,心满意足、安宁,充满了爱。近半年来她的脸变得年轻了,常常露出微笑,容光焕发。碰到她的人看着她,都能感受到愉快,并对她说:

"您好,宝贝儿,奥丽加·谢苗诺夫娜!您生活得怎么样,宝贝儿?"

"如今,中学的学习可难啦,"她在集市上对人说,"昨天一年级的作业是背诵寓言,翻译一篇拉丁文,加一道习题。这可不是开玩笑的……咳,小孩子这怎么受得了?"

她开始谈及老师、功课和课本。这些都是萨沙讲过的话。

两点多钟他们一起吃饭,晚上一起温习功课,一起笑。她安排他上床睡觉,许久地画十字,小声地祈祷,然后自己才上床睡觉,幻想着遥远而朦胧的将来,那时萨沙在学校里毕了业,成了一名医生或工程师,有了自己的大房子,有许多马和马车,结了婚,生了孩子……她睡着了,却还是想着这些。她的眼泪从闭着的眼睛里顺着脸颊流下来。小黑猫躺在她身边,叫着:

"咪……咪……咪……"

突然,围墙门响起了重重的敲门声,奥莲卡被惊醒了,害怕得喘不过气来,心跳得很厉害。半分钟后,敲门声又响了。

"这是从哈尔科夫来的电报,"她在想,顿时全身发抖,"萨沙的母亲要叫他回哈尔科夫去……唉,主啊!"

她陷入了绝望。她的头、手、脚全凉了,就像全世界再没有比她更不幸的人了。可是又过了一分钟,传来了说话声,原来是兽医

大作家讲的小故事

从俱乐部回家来了。

"啊，谢天谢地。"她想道。

心里的一块石头慢慢地落下来，又变得轻松了。她躺下又想着萨沙。萨沙在隔壁房间里睡得很熟，偶尔说起梦话来："我揍你！滚蛋！别打人！"

契诃夫于平常之中抓住庸俗本质的才能在小说《宝贝儿》中得到了充分的展现，《宝贝儿》是他批判小市民的力作之一。

小说女主人公是一个失去自我、以别人为中心的迷失了方向的女人。宝贝儿似乎一生都在爱着别人，父亲、姑姑、剧团经理人、木材商、兽医、兽医的儿子……以至于要依附于对方才会感觉到自己的存在，否则她无比空虚、孤独、迷茫、不知所措——"最糟糕的是，她现在什么主见也没有了。她看得见周围的东西，也知道周围发生的一切，可就是对什么都不能形成自己的见解……"契诃夫用独到的语言方式、朴素的文笔、精细的纯客观的描写，勾勒出一个完全没有了自我、充满奴性的女性形象。这篇小说，在批判一部分女性愚昧无知的同时，也引导女性读者们觉悟，并积极走向光明的新生活。

未婚妻

● 带着问题读一读,你会收获更多 ●

1. 娜佳原先生活其中的是怎样的环境?
2. 娜佳走向新生活的心路历程是怎样的?

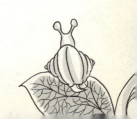

大作家讲的小故事

一

已经是晚上十点钟了。花园里明月高照。在舒敏的家里,祖母玛尔法·米哈依洛夫娜嘱咐的彻夜祈祷的事刚刚做完,娜佳便到花园里溜达。这时她看见大厅里正在摆放各种小吃,祖母穿着华美的绸子衣服在忙来忙去。大教堂的大祭司安德烈神甫跟娜佳的母亲尼娜·伊万诺夫娜在谈什么事。不知什么缘故,透过窗户,母亲在晚上的灯光照耀下显得非常年轻。安德烈神甫的儿子安德烈·安德烈伊奇站在旁边,留心地听着。

花园里恬静、凉快,地下有许多静默的黑影。很远很远的什么地方,大概是城外,传来青蛙的叫声。可以感觉到五月的气息了,可爱的五月!人们深深地呼吸着,热切地想着:不是在这里,而是在天底下的什么地方,在树木的上空,在城外很远的地方,在田野上,在森林里,这种春天的生活正在展开,神秘、美丽、丰富、神圣。这是软弱、有罪的人所不能理解的,但不知为什么,人们却想哭一场。

她,娜佳,已经二十三岁了。从十六岁起,她就强烈地希望出嫁。现在她终于做了安德烈·安德烈伊奇的未婚妻。他正站在窗户那边。她喜欢他。婚礼已订在七月七日。然而她却并不高兴,快活不起来……厨房在地下室,从敞开的窗户可以听见人们在忙碌,刀声当当响,滑动门砰砰响,闻得到烤火鸡和醋渍樱桃的香味。不知为什么,她觉得一生都会是这个样子,没有变化,没有尽头!

瞧,有一个人正从房里出来,站在门廊上。这是亚历山大·季莫菲伊奇,或者干脆叫他萨沙。他是十天前从莫斯科来的客人。祖母的一个远亲,贵族出身的穷寡妇玛丽亚·彼得罗夫娜,又瘦又小又有病,很久以前就常到她家来请求周济。她有个儿子就是这位萨沙。不知为什么。大家都说他是一位出色的画家。他母亲死后，祖母为了能使自己的灵魂超升，就把他送到莫斯科康米萨罗夫斯基学校去读书。过了两年又转入一个绘画学校，在那里呆了差不多十五年，才勉强在建筑系毕业，但他还是没有做建筑学的工作，而是在莫斯科一个石印厂做事。他几乎每年夏天都要到祖母这里来，他老是病得很厉害。他是来休息和疗养的。

他现在穿着带扣子的常礼服和一条穿旧了的帆布裤子，裤脚管下面磨破了。他的衬衫也没熨过，整个人显出没有精神的样子。他，人很瘦，一双眼睛却很大，手指又长又瘦，留着一把胡子，黑黑的脸，却也还算漂亮。在舒敏家他很习惯，如同亲人一样，住在他的家里也就像住在自己家里。他所住的那个房间，早已被称为"萨沙的房间"了。

他站在门廊上，看见了娜佳，就走到她跟前去。

"你们这里真好。"他说。

"当然很好。您应该在这里住到秋天。"

"是的，只好这样。也许我要在你们家住到九月份呢。"

"我站在这里，看着我妈妈，"娜佳说，"从这里看过去，她显得多么年轻！我妈妈当然也有弱点，"她沉默了一会儿，补充说，"不过她毕竟是不一般的女人。"

"是的，是很好的女人……"萨沙同意地说，"您的妈妈，就她本人来说，当然是一个善良的可爱的女人，不过，怎么跟您说呢？我今天很早就到你们厨房里去，那里却有四个女仆就睡在地板上，没有床，用破烂代替被褥，臭烘烘的，还有臭虫、蟑螂……还是跟二十年前一样，一点变化也没有。奶奶呢，愿上帝保佑她，她毕竟是奶奶；不过要知道，您母亲恐怕就不一样了，她会说法语，还参加演出，想必她好像是明白的吧。"

大作家讲的小故事

　　萨沙说话时，总要把两个又长又瘦的手指伸到听话人的前面去。

　　"不知为什么，这里的一切我都觉得有点怪异，看不惯。"他接着说，"鬼才知道为什么，所有的人都不做事，您妈妈整天晃来晃去，像个公爵夫人，您祖母也是什么事也不做，您也一样。您的未婚夫安德烈·安德烈伊奇也是什么事情都不做。"

　　这些话娜佳在去年就听过了，好像前年也听过。她知道，萨沙除此之外不会说别的话。过去这些话只使她发笑，可现在，不知为什么，她变得厌烦了。

　　"这些都是老生常谈，早就令人厌烦了，"她说，站了起来，"您应该想出一点什么新鲜的东西来说说。"

　　他笑笑，也站起来。两个人一起朝正房走去。她，高高的个儿，很漂亮，身材匀称。现在她同他走在一起，显得非常健康，服装也非常好看。她感觉到了这一点，于是觉得他有点可怜，而且不知为什么，有点不好意思起来。

　　"您说了许多无用的话，"她说，"瞧，您刚才谈到我的安德烈，可是您对他并不了解呀。"

　　"我的安德烈……去他的您的安德烈吧！我正在替您的青春感到惋惜呢！"

　　他们走进饭厅时，大家已经坐下来吃饭了。奶奶，或者照人家的称呼——亲奶奶，身体很胖，相貌很丑，两道眉毛很浓，还有一点唇髭，嗓门很粗。凭她的声音和姿态，就可以看出她是这里的一家之长。集市上的几排商店和这座带圆柱和花园的老房子都是属于她的财产。但她还是每天早晨都祈祷，求上帝保佑她不会破产，并为此而哭泣。而她的儿媳妇，娜佳的母亲尼娜·伊万诺夫娜，淡黄色头发，腰身束得很紧，戴夹鼻眼镜，而且每个手指上都戴着钻石戒指。安德烈神甫是一个瘦弱的老头，牙齿全掉了，看他的表情，好像准备要讲什么很有趣的事。他的儿子安德烈·安德烈伊奇，娜佳的未婚夫，是胖胖的漂亮青年，卷发，像个演员或画家。他们三个人正在谈论催眠术。

"你在我这里住上一星期，健康就会恢复的。"老奶奶对萨沙说，"只是你要多吃一点才好。看你都像什么样子了！"她叹了一口气，"你变得太厉害了！瞧，真的，你已经完全是个浪子了。"

"该死的挥霍掉父亲所赠的资财以后，"安德烈神甫眼睛带着笑意，慢吞吞地说，"就跟不通人性的牲口一块儿吃草了……①"

"我爱我的老爸，"安德烈·安德烈伊奇触一触父亲的肩膀说，"他是一个非常可爱的老人，善良的老人。"

大家都没有做声，萨沙忽然笑起来，并用餐巾捂住嘴。

"那么，您是相信催眠术了？"安德烈神甫问尼娜·伊万诺夫娜。

"当然，我也不能肯定我相信，"尼娜·伊万诺夫娜回答说，脸上做出很严肃甚至严厉的表情，"不过应当承认，自然界有许多神秘的和不可理解的东西。"

"我完全同意您的意见。不过我要补充您一点：宗教信仰为我们大大地缩小了神秘的领域。"

一只又大又肥的火鸡端上桌来了。安德烈神甫和尼娜·伊万诺夫娜继续在谈话。尼娜·伊万诺夫娜手指上的钻石戒指在闪闪发光，后来是她的眼睛在发光，她激动起来了。

"我虽然不敢跟您争论，"她说，"但您也会同意，生活中有那么多解答不了的谜！"

"我敢让您相信，一个也没有。"

---

① 参阅《新约全书·路加福音》第十五章浪子的故事。

大作家讲的小故事

晚饭之后,安德烈·安德烈伊奇拉小提琴,尼娜·伊万诺夫娜则弹钢琴为他伴奏。他十年前在一所大学的语文系毕业,但没有在任何地方做过事,没有固定的工作,只是有时参加为慈善目的而举办的音乐会。在城里大家都称他艺术家。

安德烈·安德烈伊奇在拉琴,大家默默地听着。桌上的茶炊轻轻地沸腾,只有萨沙一个人喝茶。后来时钟敲响十二下,一条琴弦突然断了,大家笑起来,赶忙起身,开始告辞。

娜佳送走未婚夫后,便上楼回自己的房间去。她和母亲住在楼上(祖母住在楼下)。楼下的大厅里都熄灯了,萨沙还依旧坐在那里喝茶。他老是按莫斯科的习惯喝茶喝得很久,一回得喝七杯。娜佳宽衣躺在床上后很久还听见女仆在楼下收拾打扫,祖母在生气。最后,一切都安静下来了,只是偶尔听见萨沙在下面自己的房间里低沉地咳嗽几声了。

二

娜佳醒来的时候大概是两点钟,天开始亮了。什么地方的更夫在打更。她已经不想睡了,床太软,躺着不舒服。娜佳像过去一样,在五月的夜晚躺在被窝里想事,而思想也和昨夜一样,单调,毫无意思,令人厌烦。她想到,安德烈·安德烈伊奇如何地向她献殷勤,向她求婚;她如何地同意了,后来便慢慢地尊重这个善良、聪明的人。可是,不知为什么,现在当婚期剩下一个月的时候,她却开始感到害怕和不安,好像有一种模糊不清的沉重的东西在等待着她似的。

"嘀托、嘀托……"更夫在懒洋洋地打着更。"嘀托、嘀托……"

从一个大的旧窗户里可以看见花园,更远一点,有紫丁香盛开的茂密的丛林,它们都处于睡眠状态,并且由于寒冷而变得萎靡不振了。浓重的白雾浮到紫丁香上面,想把它们盖住。在远处的树上,睡意蒙眬的白嘴鸦在大声啼叫。

"我的天呀,我为什么这样苦恼!"

也许每一个未婚妻在结婚前都有这种感觉吧。谁知道呢!或许这里有萨沙的影响?可是,要知道,萨沙多少年来都在说同样的话,好像念文章一样,说的时候,显得天真和奇怪。但是脑子为什么老是离不开萨沙呢?为什么呢?

更夫早就不打更了。窗口下和花园里鸟儿叫喳喳,花园里的雾也散了。春天的阳光像微笑一样,把四周围照得通亮。很快地,被太阳温暖了的整个花园,在阳光的爱抚下,已苏醒过来了。钻石般的露珠在树叶上熠熠发光。这个早已荒芜了的老花园在这个早晨却显得那么年轻、漂亮。

老奶奶已经醒了,萨沙以一种深沉的男低音咳嗽起来。可以听见下面在安顿茶炊,移动桌子了。

时钟走得很慢。娜佳早就起了床,而且在花园里散步许久了,可是早晨仍然没有过去。

瞧,尼娜·伊万诺夫娜脸上带着泪痕,手里拿着一杯矿泉水出来了。她迷信招魂术和顺势疗法。她读很多书,喜欢谈论自己产生的怀疑。娜佳觉得,所有这一切都包含着深刻的神秘的意义。这时娜佳吻了吻母亲,同她并排走着。

"啊,你干吗哭了,妈妈?"她问道。

"昨天晚上我开始看一本描写一个老头和他女儿的中篇小说。老头在某个地方服务,不料他的上司竟爱上了他的女儿。小说我还没有看完,不过有一个地方却使人忍不住要流泪。"尼娜·伊万诺夫娜说,呷了一口杯子里的水,"今天早晨我想起

大作家讲的小故事

来，就又哭了。"

"这些天里，我都不那么快活，"娜佳沉默了一会后说，"我为什么晚上睡不着觉呢？"

"我不知道，亲爱的。不过我在晚上睡不着觉时，就紧紧地闭上眼睛，瞧，就像这样，暗自想象安娜·卡列尼娜①怎样走路，怎样说话，或者想象古代世界的一个什么历史故事……"

娜佳觉得母亲并不了解她，也不可能了解她。她还是平生第一次有这种感觉，甚至开始感到害怕，想躲起来。于是她就回自己的房间里去了。

两点钟大家坐下来吃饭。这是星期三，斋戒日，所以祖母给大家吃素红菜汤和扁鱼汤。

萨沙为了逗弄奶奶，既喝了荤汤，也喝了素红菜汤。吃午饭的时候他一直在开玩笑，不过他的笑话说得太笨，全都带有教训意义，结果变得一点也不可笑。他在说俏皮话之前，总是把他很长的像死人一样的手指举起来，这就不由得使人想到他的病很重，大概他在这个世界上活不多久了。

午饭后，祖母便回自己房间里休息。尼娜·伊万诺夫娜弹一会儿钢琴，随后也走了。

"啊哈，亲爱的娜佳，"萨沙开始了惯常的午饭后的谈话，"您要听我的话才好，要听才好！"

她闭上眼睛，深深地坐在老式的圈椅里。他则在房子里静静地踱着步子，从这一头走到那一头。

"您要出去读书才好！"他说，"只有受过教育的和神圣的人才是有意思的人，只有他们才是有用的人。须知，这样的人越多，天国就会越快地在人间出现。到那时，你们的城市就会慢慢地被彻

---

① 列夫·托尔斯泰的小说《安娜·卡列尼娜》中的主人公。

底摧毁,一切都翻个个儿,一切都会变化,就像是变魔术那样。到那时,这里会有庞大的最富丽堂皇的大厦,奇迹般的花园,罕见的喷泉,出色的人们……可是这还不是最重要的,最重要的是,我们所说的群众。现在这种样子的群众,到那时就已不再存在了,因为每个人都将会有信仰,每个人都会知道他自己为什么而活着,并且再也没有人到群众间去寻找支持了。亲爱的,好姑娘,走吧。向大家表明:您已经厌倦了这种停滞的、灰色的、罪恶的生活,哪怕您向自己表明这一点也行!"

"不行,萨沙。我快要结婚了。"

"咳,得了吧,谁要做这样的事呢?"

他们走进花园,散了一会儿步。

"亲爱的,无论如何您要想一想,要明白,您这种无所事事的生活是多么不道德,多么不干净。"萨沙继续说,"您该明白,比方您、您的母亲、您的祖母什么事都不做,这就是说别人在为你们工作,你们在吞噬别人的生命。难道这样干净吗,不肮脏吗?"

娜佳想说,"是啊,这是对的",还想说,她明白,但是,她眼睛里涌出了泪水,她突然不做声了,心里发紧,回到自己房间去了。

傍晚前,安德烈·安德烈伊奇来了,像平常那样,拉了很久的提琴。他一般是不多说话的,喜欢玩小提琴,也许是因为拉小提琴时就可以不说话。十一点钟他已经穿上大衣,要回家了。他拥抱了娜佳,开始贪婪地吻她的脸、肩膀和双手。

"亲爱的,我可爱的,我的美人!……"他小声说,"啊!我多么幸福!我快活得快要疯了!"

她却觉得,这种话她老早老早就听过了,或者是在什么地方……在一本小说里,在一本旧的、破烂的、早就被扔掉了的小说

大作家讲的小故事

里读到过似的。

萨沙坐在饭厅的桌边喝茶,用五个手指头托着茶碟。奶奶在摆牌阵,尼娜·伊万诺夫娜在看书。油灯里的火噼啪作响。一切都似乎平静、顺利。娜佳道了晚安,回到自己楼上的房间里,躺下后立即就睡着了。可是像前一个晚上一样,天刚刚亮,她就醒了,不想睡了,心神不定、难受。她坐起来,把头垂在双膝上,想到未婚夫,想到婚礼……不知为什么,她回想起她的母亲并不爱其已经去世的丈夫,如今她什么都没有了,完全依靠自己的婆婆(娜佳的奶奶)生活。娜佳怎么想也想不明白,为什么在此之前她会认为妈妈有什么特殊的、不寻常的地方,为什么会没有发现她也是一个普通的、平凡的、不幸的女人。

楼下的萨沙也没有睡着。娜佳听见他在咳嗽。她在想,这是一个古怪而又天真的人,在他的幻想里,所有这些神奇的花园和不寻常的喷泉,都使人觉得有点荒诞。但是,不知为什么,在他这种天真甚至荒诞里却又有那么多美好的东西,以致她一旦想到是否外出读书时,就好像有一股凉气沁透了她整个的心和胸,充满了快乐和兴奋感。

"不过,最好别去想,最好别去想……"她小声说,"不该去想这些。"

"嘀托……"远处什么地方更夫在打更,"嘀托……嘀托……"

三

六月中旬,萨沙忽然感到烦闷,便打算回莫斯科去。

"我不能在这个城里住下去了,"他忧郁地说,"没有自来水,也没有下水道!我怕脏,不敢吃饭,厨房里脏得无法……"

"你就等一等吧,浪子!"不知为什么奶奶小声劝他,"七号就是婚礼了!"

"我不想等了。"

"你本来不是想在我们家住到九月份吗?"

"可我现在不想住了,我需要去工作。"

这年遇到了一个潮湿而阴凉的夏天,树林湿淋淋的,花园里的一切不使人感到愉快,而是令人沮丧,这也实在使人想去工作。楼上楼下的各个房间里都可以听到陌生女人的说话声。奶奶房里响起了缝纫机的嗒嗒声,这是她们在赶制嫁妆。光是皮大衣就给娜佳缝了六件,其中最便宜的一件,按奶奶的说法,也值三百卢布!这种无谓的忙乱使萨沙感到不快。他坐在自己的房间里生气。不过大家都劝他留下来,于是他答应在七月一日以前不走。

时间过得很快。彼得节那天午饭后,安德烈·安德烈伊奇同娜佳一起到莫斯科街去再看一回为他们这对年轻人准备的早已租下来的房子。这是一幢两层楼的房子,不过目前只修好了上面的一层,大厅里上了色的镶木地板闪闪发光。几把维也纳式的椅子,一架钢琴,一个小提琴乐谱架,充满油漆味。墙上挂着一张有金边的大油画,画面是一个裸体女人,旁边有一个断了把的紫色花瓶。

"一幅绝妙的画。"安德烈·安德烈伊奇说,出于尊敬而叹一口气,"这是画家希什马契夫斯基的作品。"

再过去一点是客厅,有一张圆桌,一张沙发,几张套着鲜蓝色布罩的圈椅。沙发上方挂着安德烈神甫的大照片:他戴着法冠,佩着勋章。后来他们走进带餐具橱的饭厅,然后走进了卧室。这里在朦胧的光线中并列摆着两张床,仿佛在布置卧室时,就已经注意到,这里将永远是很美满的,不可能不是这样的。安德烈·安德烈伊奇领着娜佳走遍了各个房间,并一直搂着她的腰。而她却觉得自

大作家讲的小故事

己身体衰弱，惭愧，憎恨所有这些房间、床铺、圈椅、裸体太太使她感到恶心。她自己已经很清楚，她不爱安德烈·安德烈伊奇了，也许，她根本从来就没有爱过他。可是这话怎么说出来，向谁说去呢，又为什么要说呢？她自己不明白，也无法明白，尽管她整天整夜都在想这件事……他搂着她的腰，谈得那样热情、谦虚，那样幸福，在自己这所住宅里走来走去。而她呢，在所有这一切中，她只看到了庸俗，愚蠢的、幼稚的和不能容忍的庸俗，搂着她的腰的那只手，她也觉得像铁箍那样僵硬和冰凉。她时刻都想跑掉，痛哭一场，从窗口跳下去。安德烈·安德烈伊奇领她去看浴室，他碰了碰安装在墙上的水龙头，水即刻流了出来。

"怎么样？"他说，大笑起来，"我吩咐在顶间安装了一个能盛一百桶水的水箱。瞧，我们将来就有水用了。"

他们穿过了院子，然后走到街道上，雇了一辆马车。灰尘像浓密的乌云一样扬了起来，好像天马上就要下雨了。

"你不冷吗？"安德烈·安德烈伊奇说，灰尘使他眯起了眼睛。

她沉默不语。

"昨天，你还记得吗？萨沙批评我们什么事也不做，"他沉默了一会后说，"好吧，他说得对！非常对！我什么事也不做，也做不了。我亲爱的，这是为什么呢？我甚至一想到将来有朝一日额头上戴一枚帽徽，去供职，就觉得非常厌恶，这是为什么呢？为什么我一看见律师，或者拉丁语教师，或者市参议员，就觉得不自在呢？啊，俄罗斯母亲！你还驮着多少无所事事、毫无用处的人啊！有多少像我这样的人压在你的身上啊，多灾多难的俄罗斯！"

他对自己什么事也不做这一点做了总结，认为这是一种时代的表征。

"我们将来结了婚,"他接着说,"我们就一起到农村去,我的亲爱的,我们将在那里工作!我们买一小块地,带有一个花园和一条小河,我们将劳动,观察生活……啊,那将是多么好啊!"

他脱下帽子,头发被风吹得扬了起来。她听着他说话,并且在想:"天啊,我想回家!天啊!"几乎快到自己的家时,他们追上了安德烈神甫。

"瞧,父亲也来了!"安德烈·安德烈伊奇高兴起来,挥动着帽子,"我爱我的老爸,真的。"他说,一面付给车夫钱,"他是很好的老人,善良的老人。"

娜佳走进屋里,心里生气,身体不舒服,心想,整个晚上都有客人,要招待他们,笑脸相陪,听小提琴演奏,听各种各样的胡诌,谈的都是婚礼的事。奶奶穿着华丽的绸子衣服,坐在茶炊旁边,神情傲慢,在客人面前总是目空一切。安德烈神甫带着狡猾的微笑走进来。

"看见您身体健康,我十分高兴和快慰。"他对奶奶说。很难弄明白,他是在开玩笑,还是说真心话。

四

风敲打着窗户和房顶,听得见飕飕的风声。炉灶里,家神悲愁而又忧郁地唱着自己的歌。这时是夜晚十二点钟。房子里大家都躺下了,但谁也没有睡着。娜佳总觉得楼下有人在拉小提琴。传来一种响亮的撞击声,大概是一块护窗板掉下去了。一分钟以后,尼娜·伊万诺夫娜穿着一件衬衫,手里拿着蜡烛进来了。

"这是什么响,娜佳?"她问道。

母亲把头发编成一条辫子,脸上露出一种胆怯的微笑。在这个暴风雨的夜晚,她显得老了,丑了,矮小了。娜佳记得不久前自己

大作家讲的小故事

还认为母亲是个不平凡的女人,十分自豪地听她说话,而现在却怎么也想不起这些话了,而能记得的那些话,却又是那么软弱无力,毫无用处。

炉灶里传来好几种男低音的歌声,甚至似乎听见了"唉,唉,我的天呀!"娜佳从床上坐起来,突然紧紧地抓住自己的头发,痛哭了起来。

"妈妈,妈妈,"她小声说,"我的亲人,要是你知道我出了什么事就好了!我求求你,求求你让我走吧!我求你了!"

"到哪里去?"尼娜·伊万诺夫娜问道,她不知道是怎么回事,也从床上起来,"你要到哪里去?"

娜佳哭了很久,一句话也说不出来。

"让我离开城市吧!"她终于说了,"不该举行婚礼,也不会有婚礼了——你要明白!我不爱这个人……而且我也不想谈到他。"

"不,我的亲人,不,"尼娜·伊万诺夫娜很快地说,大吃了一惊,"你安静一下,这是由于你心情不好引起的。会过去的。这是常有的事。大概你同安德烈吵嘴了吧?不过,相爱的人拌嘴,不过是开开心而已。"

"得了,你走吧,妈妈,你走吧!"娜佳痛哭起来。

"是啊,"尼娜·伊万诺夫娜沉默了一会说,"不久以前你还是个小孩,小姑娘,而现在你已经是未婚妻了。在自然界,新陈代谢是经常的。不知不觉间你自己也要变成母亲,变成老太婆,你也将和我一样,有一个固执而任性的女儿。"

"我亲爱的善良的妈妈,你固然聪明,可你也不幸,"娜佳说,"你很不幸——你为什么要说这些庸俗的话呢?看在上帝面上,你说这是为什么呢?"

尼娜·伊万诺夫娜还想说点什么，可是一句话也说不出来，呜咽了一声，回自己房里去了。炉灶里又响起了男低音，忽然，变得很骇人。娜佳从床上跳下来，急忙跑到母亲那里去。

尼娜·伊万诺夫娜躺在床上哭泣，盖着浅蓝色的被子，手里拿着一本书。

"妈妈，你听我说！"娜佳说，"我求求你，你仔细想一想就会明白的！你只要明白我们现在的生活是多么琐碎渺小，多么有失尊严就好了。我的眼睛睁开了，现在我全看见了。你这个安德烈·安德烈伊奇是什么人呢？要知道，他并不聪明，妈妈！上帝啊！你要明白，妈妈，他愚蠢！"

尼娜·伊万诺夫娜猛地坐起来。

"你和你的奶奶都折磨我！"她说，呜咽了一声，"我还要活，要活！"

她反复地说，并两次用拳头捶打自己的胸口，"请你们给我自由吧，我还年轻，我要活，而你们却要把我变成老太婆！……"

她悲痛地哭起来，躺下后，在被子下面将身子缩成一团，显得那么弱小、可怜和愚蠢。娜佳回到自己的房间里，穿上衣服，坐在窗口下，等待天亮。她整夜坐着，想心事。外面不知什么人老在敲击护窗板，并且吹口哨。

早晨，奶奶抱怨说，昨夜花园里的所有苹果都被风刮掉了，并且吹断了一棵老李树。天色灰暗、浑浊、悲凉，只好点起灯来。大家都抱怨天气冷，而且雨水抽打着窗子。喝过茶后，娜佳去找萨沙，一句话也没有说，就在墙角一张圈椅旁边跪下，双手捂着脸。

"怎么啦？"萨沙问。

"我受不了啦……"她说道，"以前我怎么能在这里生活，我真不明白，不理解。我现在瞧不起未婚夫，瞧不起自己，瞧不起所

大作家讲的小故事

有这种无所事事的、毫无意义的生活……"

"好了,好了……"萨沙说,还不明白是怎么一回事。"这没有什么……这很好。"

"这种生活使我非常讨厌,"娜佳接着说,"我在这里连一天都待不下去了,明天我就离开这里,看在上帝面上,你就带我走吧!"

萨沙惊讶地看着她良久。他终于明白过来,并像孩子一样高兴起来。

他挥起双手,用鞋踩着步子,高兴得好像要跳起舞来了。

她则睁着一双充满爱慕的大眼睛,目不转睛地望着他,心醉神迷地等待他会对她立即说出什么具有重大意义的、无比重要的话来。他还什么也没对她说,而她却已经觉得在她面前展开了一种新的、广大的、她从前所不知道的东西,她已经充满期待地望着它,做好一切准备,哪怕是死也在所不惜。

"我明天就走,"他想了想后说,"您到车站来送我……我把您的行李装在我的皮箱里,车票我也替您买好,等到响第三遍铃时,您就上车,我们就走了。您送我到莫斯科,然后您一个人再到彼得堡去。您有身份证吗?"

"有。"

"我敢担保,您不会遗憾,不会后悔的。"萨沙兴奋地说,"您去吧,去念书吧,然后您就听从命运的安排。当您把生活转变过来时,那就一切都变了。最重要的是转变生活,其余的一切都无关紧要。那么,明天我们就走了?"

"啊,是的!看在上帝的面上。"

娜佳觉得自己非常激动,心里从来没有这么沉重过。现在在离家之前她只好受点苦,受思索的折磨。可是她刚回到自己楼上的

118

房间里，在床上一躺，立即就睡着了，并且睡得很熟，脸上带着泪痕，带着微笑，一直睡到傍晚。

五

雇好了出租马车。娜佳已经穿好大衣，戴上帽子，来到楼上，要再看一眼母亲和自己的所有的东西。她在自己的房间里挨着还有余温的床边站了一会儿，环顾一周，然后悄悄地走到母亲跟前。尼娜·伊万诺夫娜还在睡觉，房间里一片寂静。娜佳吻了吻母亲，理了理她的头发，站了两分钟光景……随后便不慌不忙地回到下面。

外面下着大雨，马车支起了顶篷等在门口，整个都淋湿了。

"您跟他一个位子坐不下，娜佳，"奶奶说。这时女仆开始把手提箱搬上车去。"这样的天气还想去送他！待在家里吧，瞧，多大的雨啊！"

娜佳想说点什么，可又不能说。萨沙把娜佳扶上车，用方格毛毯给她盖好脚。然后自己在旁边位置上坐下来。

"一路平安！让上帝赐福给你！"奶奶在台阶上喊道，"你呀，萨沙，到莫斯科就给我们写信。"

"好的，再见，奶奶！"

"让圣母保佑你！"

"唉，这天气！"萨沙说道。

娜佳直到现在才哭起来。现在她才明白她已经走定了。当她和奶奶告辞，当她去看妈妈的时候，她总还是不相信真会走。再见了，城市！新的住宅、裸体女人和花瓶。所有这一切已不会惊吓她，不再成为负担，而是变得幼稚、渺小、越来越往后退了。当她坐在车厢里，火车开动的时候，所有这些过去的庞大而又严肃的东

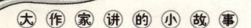

大作家讲的小故事

西,便被压缩成一团,而那些迄今她还很少注意的巨大而又广阔的未来却扩展开来。雨点抽打着车窗,看得见的只有绿色的田野。电线杆和电线上的鸟雀一闪而过。忽然喜上心来,使她一时喘不过气来;她想到她正走向自由,去读书,这就跟许久以前人们所说的"外出去当哥萨克"一样。于是她又笑,又哭,又祈祷!"没关系,"萨沙得意地微笑着说,"没关系!"

六

秋天过去了,接着冬天也过去了。娜佳已十分想家,每天都想母亲,想奶奶,也想萨沙。家里寄来一封封平静、和善的信,好像一切都得到了宽恕,都已忘记了。五月份考试完了以后,她很健康,高高兴兴地回家了,中途在莫斯科下车,去看萨沙。他还是老样子,还像去年夏天一样:满脸胡子,头发蓬乱,还是穿着那件常礼服和帆布裤子,还是那双又大又好看的眼睛。但是看上去他并不健康,而是病魔缠身的样子,又老又瘦,还不停地咳嗽。不知为什么,娜佳觉得他有点灰溜溜、土头土脑的样子。

"我的天啊,娜佳回来了!"他说,高兴地笑起来,"好姑娘,我的亲人!"

他们在石印厂坐了一会儿,那里充满了烟味,而且油墨和颜料也发出呛人的气味。后来他们来到他的房间,房间里也是烟味,而且吐了许多痰。桌子上在冷却了的茶炊旁边摆着一个用黑纸盖着的破碟子。桌上和地上有许多死苍蝇。处处都可以看得出,萨沙的个人生活搞得一塌糊涂,很邋遢,得过且过,非常蔑视生活的舒适。如果有人对他谈个人的幸福,谈私生活,谈对他的爱,他会什么都不懂,只会一笑置之。

"还不错,事事顺遂。"娜佳急忙地说,"秋天妈妈曾到彼得堡来看我。她说奶奶已经不生气了,只是老到我的房间里去,在墙上画十字。"

萨沙显得很快活,但是老咳嗽,说话声音发颤。娜佳一直仔细地看着他。她不知道他真是病得很重,还是只是她的一种感觉。

"萨沙,我亲爱的,"她说,"要知道,你在生病!"

"不,我还好,是有病,但不太严重……"

"唉,我的天啊,"娜佳激动起来,"为什么你不去治病,为什么你不爱惜自己的健康呢?我亲爱的,亲爱的萨沙。"她说,眼睛里流出了泪水。而且不知为什么,她的想象里竟出现了安德烈·安德烈伊奇、裸体太太和花瓶,以及过去的一切,而这一切现在已显得像童年一样遥远了。她哭了,因为萨沙在她看来已不再像过去那样新奇、那样有知识、那样有趣了,"亲爱的萨沙,您的病很重很重了。我不知道应当怎样做,才能让您不再这么苍白和消瘦。我欠您那么多的情!您甚至不能想象,您帮了我多大的忙,我的好萨沙!实际上,您现在是我最亲近、最亲爱的人了。"

他们坐着谈了一会儿。现在,当娜佳在彼得堡过了一个冬天之后,萨沙,萨沙的话,萨沙的微笑,他的整个形态,在她看来,已是一种过了时的、旧式的、气数已尽的、或许已经进了坟墓的东西了。

"我后天要到伏尔加河去,"萨沙说,"然后再去喝马乳酒。我想喝马乳酒。还有一个朋友带着妻子跟我一块去。他妻子是一个非常好的人,我一直鼓励她,劝她出去读书。我想改变她的生活。"

他们谈了一阵之后,便坐车到火车站去。萨沙请她喝茶,吃苹果。火车开动了,他微笑着向她挥动手绢。甚至从腿上也可以看出,他病得很重。

大作家讲的小故事

中午，娜佳回到了自己的城市。当她从车站坐车回家时，她觉得那些街道都很宽，而房子却又小又扁。没有人，只遇见那个穿红黄色大衣的德国钢琴调音师。好像所有的房子都盖上了灰尘。祖母已经完全老了，还像以前那么胖、那么丑，她抓住娜佳的双手，把脸贴在她肩膀上，哭了很久，不能分开。尼娜·伊万诺夫娜也老了许多，难看多了，好像全身都消瘦了，不过仍旧像从前那样束紧腰，钻石戒指也仍旧在她手指上闪闪发光。

"我亲爱的！"她说，全身发抖，"我亲爱的！"

后来她们坐下来，还是在哭，没有说话。很明显，不论是祖母，还是母亲，都已经感觉到，过去是一去不复返了，不可逆转了：她们已没有了社会地位，没有了从前的那种荣耀，也无权在家请客了。这就像在轻松的无忧无虑的生活中，突然夜里来了警察，进行搜查，原来这家的主人盗用公款或造伪币，于是这种轻松的无忧无虑的生活也就永远结束了一样！

娜佳走到楼上，看见原来的那张床，原来的挂着雪白、朴素的窗帘的窗户，窗外也仍然是那个花园，它沐浴在阳光里，欢快、喧闹。她摸了摸自己的桌子，坐下来，想了想。她午饭吃得很好，喝了茶，吃了香甜、油腻的鲜奶油。可是好像还缺了点什么，觉得房间里空荡荡的，天花板显矮了。晚上她躺下睡觉，盖上被子，但不知为什么，躺在这张暖和的很柔软的床上，她觉得有点可笑。

尼娜·伊万诺夫娜来了一会儿，她坐着就像是有罪的人一样，心神不定，神色慌张。

"喂，怎么样，娜佳？"沉默一会儿后她问道，"您满意吗？非常满意吗？"

"满意，妈妈。"

大作家讲的小故事

尼娜·伊万诺夫娜站起来,在娜佳身上和窗户上画十字。

"而我,你知道吗?开始信教了。"她说,"要知道,我现在在研究哲学,我老是在想,在想……现在有许多东西我都像白昼一样明白了。我觉得,首先要让整个生活都过得像透过三棱镜一样。"

"告诉我,妈妈,奶奶的身体怎么样?"

"好像还好。当你和萨沙离开家,后来你打来电报时,奶奶读了电报就倒在地上了,躺了三天不能动弹,后来她老是向上帝祈祷,老是哭,而现在没有事了。"

她站起来,在房间里来回走动。

"嘀托、嘀托……"更夫在打更,"嘀托、嘀托……"

"首先要使整个生活都过得像透过三棱镜一样,"她说道,"换句话说,也就是,在我们的意识里,生活应分解成最简单的成分,就像分成七种基本颜色一样,对每个成分都得分别去加以研究。"

尼娜·伊万诺夫娜还说了些什么,以及她什么时候离开的,娜佳都没有听见,因为她很快就睡着了。

五月过去,六月到来,娜佳在家里已经习惯了。奶奶在张罗茶炊,深深地叹气。每天晚上尼娜·伊万诺夫娜都在讲自己的哲学。她仍像从前那样,住在家里,像一个寄食者,花每一个钱都得向祖母去要。房子里有许多苍蝇。房间里的天花板也好像变得越来越矮了。老奶奶和尼娜·伊万诺夫娜由于害怕遇见安德烈神甫和安德烈·安德烈伊奇,因此不上街。娜佳常在花园里和街上走动,看那些房子和灰色的围墙。她觉得,城里的一切早已经老化了,过时了,只不过是在等着结束,或者是在等待一种年轻的、新鲜的东西的开始罢了。啊,要是这种新的、光明的生活能早日到来就好了,那时人们就可以正直而又勇敢地面对自己的命运,意识到自己是对的,成为快活、自由的人!而这种生活是迟早要到来的!须知,那样一个时代会到来的,到那时候,像奶奶家的那种景况,即四个女仆没有地方住,只能挤在一个房间里,住在地下室里,住在肮脏的地方的景况,就不再存在,消失得无影无踪,就会被忘记,不再有人记得了。同娜佳逗乐的就只有邻院的那些顽皮孩子们,当她在花园里散步的时候,他们就会敲敲围墙,笑着逗她说:

"新娘子!新娘子!"

萨沙从萨拉托夫寄来一封信。他用快活的跳舞似的笔迹写道:他在伏尔加河的旅行很成功,不过去萨拉托夫他害了一点病,嗓子哑了,已经在医院里躺了两个星期。她明白,这意味着什么,一种差不多是坚定不移的预感控制了她。她感到不快的是,这种关于萨沙的预感和思想并没有使她像从前那样激动。她强烈地想要生活,要回到彼得堡去。她和萨沙的交往虽然是亲切的,但毕竟遥远了,遥远地过去了!她整夜没有睡,早晨坐在窗口下,谛听着。她真的听见了下面有人说话,慌张不安的祖母站在墙角祈祷,满脸泪水。桌子上放着一封电报。

娜佳在房间里来回踱步很久,听着祖母哭,后来拿起电报读了。电报通知说,亚历山大·季莫菲伊奇,或者简称萨沙,由于肺病,昨天早晨在萨拉托夫去世。

祖母和尼娜·伊万诺夫娜去教堂安排祭祷,娜佳仍在房间里来回踱步很久,想着心事。她清楚地意识到,她的生活已经像萨沙所要求的那样改变过来了,她在这里是孤独的、陌生的,无人需要的,她也不需要这里的一切,她与过去的一切已一刀两断,就像一切都烧掉了,消失了,连灰烬也被风吹走了一样。她走进萨沙的房间,在那里站了一会儿。

大作家讲的小故事

"别了,亲爱的萨沙!"她想着,在她的面前出现了一种宽广的辽阔的新生活,这种生活还朦朦胧胧,充满神秘,但却在吸引着她,召唤着她。

她上楼回到自己房间里去收拾行李。第二天一早便向家人告辞,朝气蓬勃、欢欢快快地告别了这个城市,大概永远不会回来了。

赏析与品读

《未婚妻》是契诃夫的最后一篇短篇小说,讲述的是即将成为新娘的富家女子娜佳在一名男子的启发和教导下,在婚前毅然决定离家出走,先去求学,然后走向精神独立,寻求过一种有意义生活的故事。对庸俗乏味的小市民、小贵族的批判一直以来都是契诃夫小说的重要内容,但是《未婚妻》里的娜佳,却有着对新生活的渴望。

优秀的小说家总能看见生活鲜为人知的另一种真相,并能恰到好处地用小说的方式描述出来。契诃夫的作品题材多样、形象鲜明、文笔精练、深沉含蓄、耐人寻味。那种表象上冷静沉着的叙事往往呈现出清晰的内在张力,让人物状态鲜活生动。《未婚妻》反映了20世纪初俄国知识女性追求自我价值和社会理想认知所进行的尝试和努力。

牡蛎

● 带着问题读一读，你会收获更多 ●

1. 小说中的"父亲"是一个怎样的形象？
2. 这篇小说说明了什么？

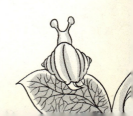

大作家讲的小故事

我不需要过分地回想,就能记起那个阴雨连绵的秋天的黄昏的全部详情细则。当时我和父亲就站在莫斯科一条人群拥挤的大街上,我感到有一种奇怪的病逐渐控制着我。没有任何痛感,但两条腿却直不起来,话也哽在喉咙里说不出来,脑袋无力地耷拉在一边……眼看我马上就要倒下去,失去知觉了。

这时候我若被送进医院,大夫准会在我的病号牌上写明:fames[①],这可是在医学教科书上所没有的病。

我父亲和我挨着站在人行道上。他身穿一件破旧的夏天的长衫,头上的花呢帽子已露出一小块白花花的棉花,脚上是一双又大又笨重的套鞋。他是一个无谓奔忙却又爱虚荣的人,害怕有人看出他赤脚穿着套鞋,便在两个小腿上套了一副旧皮靴筒。

这个贫穷潦倒、有点糊涂的怪人把那件时髦的夏天长衫弄得越是破旧和肮脏,我倒越发地爱他。五个月之前他就来到了京城,向往着谋到一个文书的职位。整整五个月,他都在京城里东奔西走,四处求职,只是到了今天才决定上街乞讨……

我们对面是一座高大的三层楼房,楼上挂着一块蓝色的招牌:"旅馆"。我的脑袋有气无力地往后仰,向两边歪,不由自主地往上看,盯着旅馆那些被灯火照亮的窗口。窗口里闪动着人影,可以看见一架轻便管风琴的右侧面、两幅石印油画和几盏吊灯……从其中一个窗口往里看,我发现了一块白色斑点,这斑点一动不动,方方正正,在整个深褐色的背景上特别显眼。我睁大眼睛看,才分辨出,它原来是挂在墙上的一块白色的牌子,上面写着几个字,但究竟是什么字——看不清楚……

足足有半个小时,我的眼睛都没有离开这块牌子,它以其洁白的颜色吸引着我的目光,似乎在对我的脑子施催眠术。我竭力想读

---
① 饥饿。原文为法语。

出上面的字来,但这种努力却是徒劳无益的。

这种怪病终于开始行使自己的权利了。

这时,马车的辘辘声我似乎觉得是雷鸣,从街上的种种恶臭中我能分辨出几千种气味来,我的眼睛能在旅馆的灯光和街道的路灯中看到耀眼的闪电。我们的五种感官都很紧张,过度灵敏。我开始看见以前从未见过的东西。

"牡蛎……"我终于认出了牌子上的字。

一个怪词!我在人世间活了整整八年零三个月,但从未听见过这个词,它是什么意思呢?是不是老板的姓呢?不过,要知道,带姓的招牌是挂在门上,而不是墙上的呀!

"爸爸,牡蛎是什么意思?"我竭力把脸转到父亲这边来,用沙哑的声音问道。

我的父亲没有听见,他正仔细地注视着人流,目送着每一个从他身边走过的人……根据他的眼神,我可以看出,他想对行人说点什么,可是那句重如秤砣的话却留在了他那发颤的嘴唇边,怎么也说不出口,他甚至迈出步子追上了一个行人,并且碰了碰那个人的袖子,可是当那人转过身来时,他却说了声"对不起!"不好意思地退了回来。

"爸爸,牡蛎是什么意思?"我又问了一遍。

"这是一种动物……生活在海洋里……"

我立刻想象着这种海洋动物的样子,它应该是介于鱼和虾之间的某种东西。它既然是海洋动物,那么当然就可以用它来做成鲜美的各种菜肴,配上香香的胡椒和月桂叶可以做成热鱼汤,配上一些脆骨可以做成酸辣汤,还可以做虾酱,做加洋姜的凉盘……我活灵活现地想象着,人们如何地从市场上买回这种动物,快速地把它收拾干净,快速地下锅……快,快,因为大家都很想吃了……饿极

大作家讲的小故事

了! 从厨房飘来了炸鱼味和虾汤味。

我感到, 这种香味正在使我的上颚和鼻孔发痒, 并逐渐地控制了我的全身……饭馆、父亲、白色的招牌、我的袖子, 全都散发着这种香味。这香味是如此强烈, 使得我都开始咀嚼起来了。我在咀嚼, 在吞食, 就好像我嘴里真有一块海洋动物的肉似的……

我感到味道太鲜美了, 因此双腿直往下弯, 为了不至于倒下去, 我抓住父亲的袖口, 紧偎在他那件湿漉漉的夏天的长衫上。父亲在发抖, 缩成一团。他感到很冷……

"爸爸, 牡蛎是素的, 还是荤的呢?" 我问。

"这东西是生吃的……" 父亲说。"它包在硬壳里, 像乌龟一样……不过, 它有两片外壳。"

一瞬间, 这些鲜美的香气再也不使我的肉体感到愉快了, 幻觉也消失了……现在我全明白了!

"真恶心," 我小声说。"真恶心!"

原来牡蛎竟是这种东西! 我想象它是像青蛙一样的动物。青蛙蹲在硬壳里, 用一双闪亮的眼睛往外看, 不断地蠕动着其令人讨厌的两片颌骨。我想象着人们从市场上买回这种带壳的、有螯的、眼睛闪着亮光的皮肤滑腻腻的动物……孩子们看了要躲着它, 厨娘则厌恶地皱着眉头, 抓住这动物的螯, 搁到盘子里, 再端到餐桌上去。大人们拿起来就吃……吃生的, 连同其眼睛、牙齿、爪子一块儿吃! 这动物呢, 吱吱地乱叫, 拼命用钳蛰他们的嘴唇……

我皱起眉头, 可是……可是为什么我的牙齿却开始咀嚼起来了呢? 这动物令人讨厌、嫌恶、可怕, 但我还是吃它, 急忙地吃, 生怕尝出它的味道, 闻出它的味道来。我刚吃完第一只, 已瞧着第二只、第三只的闪亮的眼睛……我把这些全都吃掉了……最后我吃餐巾、盘子、父亲的套鞋、白色的招牌……只要我眼睛能看到的东

西,我统统都吃,因为我感到,只有吃东西,我的病才能好。牡蛎可怕地睁着眼睛,而且很恶心,一想到它们,我就发抖,但我还是想吃!吃!

"给我牡蛎!给我牡蛎!"我的胸中发出一声又一声呼叫,并向前伸出双手。

"帮帮忙吧,诸位先生!"这时我听见了父亲低沉、喑哑的声音。"真羞于求人呐,可是,上帝啊,这孩子实在饿得不行了!"

"给我牡蛎!"我揪住父亲的后襟,大声嚷道。

"这么小的人,难道你也要吃牡蛎?"我听见我旁边有人在笑。

两位戴高筒礼帽的先生站在我面前,笑着打量着我的脸。

"你这个小家伙也要吃牡蛎?真是有意思!你怎么吃呢?"

我记得,不知是谁的一只强有力的大手把我拉进了有亮灯的饭馆里。过一会儿就围上了一大群人,他们都好奇地笑着看着我。我坐在桌子旁边,吃着一种滑溜溜的、咸咸的、带有潮湿味和霉味的东西。我狼吞虎咽地吃,不咀嚼,也不看,根本不知道吃的是什么东西。我似乎觉得,如果我睁眼一瞧,必定会看见那闪亮的眼睛、螯和尖利的牙齿……

我忽然嚼到一种坚硬的东西,听到一种清脆的声音。

"哈哈!在啃壳呢!"观众在笑,"小傻瓜,难道壳也能吃吗?"

后来,我记得我口渴得要命。我躺在自己的被窝里,由于烧心和感到发烫的嘴里有一种怪味,所以睡不着。我的父亲在屋里走来走去,并且在打手势。

"我好像感冒了,"他嘟哝道,"脑袋里有一种感觉……似乎里面有一个人。可能是因为今天我没有……那个……没有吃东

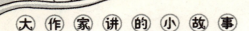

大作家讲的小故事

西……不错，我是有点儿古怪，有点儿傻……我看着这些先生为牡蛎花了十个卢布，我为什么不过去向他们要几个……借几个钱呢？他们必定会给的。"

快到天亮时我才入睡。我梦见一只带鳌的蹲在硬壳里的青蛙，两只眼睛在不停地转动。中午由于口渴我才醒过来，一睁开眼睛就寻找父亲。他还在不停地走来走去，并且在打手势……

赏析与品读

一个在京城为生计奔走多年却毫无结果的人终于沦落到乞讨为生的地步，这就是小说《牡蛎》所描写的故事。父亲没有什么本事，却懦弱、好面子，即使吃不上饭也要千方百计地掩饰自己的贫穷。契诃夫用平实的笔触批判了当时很多人共有的弱点，也表达了上流社会的冷酷无情——要想得到他们的恩惠是不可能的。这篇小说对人物心理的把握非常出色，在两位主角身上，契诃夫寄托了不同的感情。集中在"我"身上的，是他对被压迫、被凌辱者的同情和对社会的控诉，而集中在"父亲"身上的，则是他所特有的对小人物的指责。

小说在与开始相比毫无变化的状况下结束，留给读者许多的无奈和思考。契诃夫用这种结局说明，如果小人物们没有意识到问题所在，他们的生活状况就不会有所改变。

迟迟不开的花朵
——献给尼·柯罗包夫[①]

● 带着问题读一读，你会收获更多 ●

1. 玛露霞是一个什么样的人物形象？
2. 托波尔科夫是一个什么样的人物形象？

---

① 柯罗包夫是契诃夫的大学同学、好友。

大作家讲的小故事

一

事情发生在秋天一个阴郁的午后，在普里克朗斯基公爵的家里。

年老的公爵夫人和玛露霞公爵小姐在年轻公爵的房间里站着，绞着指头在求他。他们一次一次地提到基督和上帝、荣誉、父亲的遗骸，只有不幸的、哭哭啼啼的女人才会这样地苦苦哀求。

公爵夫人一动不动地站在他面前，哭泣。

她不停地哭，不停地说，打断玛露霞的每句话，还对公爵大加责备，时而说出许多刻薄的甚至是骂人的话，时而又对他表示温存体贴，并提出各种各样的要求……她成千次地提到商人富罗夫如何向他们逼债，提到已故父亲的骸骨如今如何地在棺材里不得安宁，等等。她甚至还提到了托波尔科夫医生。

普里克朗斯基公爵一家从前是瞧不起托波尔科夫医生的。他的父亲森卡是农奴，是已故公爵的近侍；他的舅舅尼基福尔至今仍是叶果鲁什卡的近侍。而托波尔科夫医生本人，童年时由于没有把公爵家的刀叉、皮鞋和茶炊等擦干净而被他们打过后脑勺。可是现在怎么样呢，岂不荒唐？他竟然成了一位名声显赫的青年医生，住得跟老爷一样，在一所非常大的房子里，出门坐双套马车，好像要故意刺激一下普里克朗斯基家的人似的，因为他们现在出门都是步行了，即使雇马车，也得讨价还价半天。

"大家都尊敬他，"公爵夫人哭哭啼啼地说，也不拭眼泪，"大家都喜欢他。他有钱，又是个美男子，到处受到款待……他就是你的仆人尼基福尔的外甥！说起来真丢人！为什么呢？因为他品行很好，不纵饮作乐，不同坏人交往……从早到晚地工作……可是你呢？我的上帝啊！去啊！"

公爵小姐玛露霞是一个二十岁上下的姑娘,她长得俊俏,像英国小说里的女主人公一样,有美丽的亚麻色的卷发,一双又大又聪慧的眼睛,颜色宛若南国的天空。她也费了不少力气恳求她的哥哥叶果鲁什卡。

她跟母亲同时抢着说话。她吻她哥哥刺人的、散发着酸臭酒气的唇髭,抚摸他的秃顶和脸颊,像受了惊吓的小狗一样,依偎着他。她说的全都是温柔亲切的话。公爵小姐不会对哥哥说一句哪怕是近似带刺的话。她非常爱哥哥。退伍骠骑兵叶果鲁什卡公爵是最高真理的表达者、最高美德的模范!她相信,而且狂热地相信,这个酗酒的蠢货有一颗神话中的仙女都会羡慕的心。她认为他是一个不得志的人,没有被人理解、没有得到承认的人。她几乎带着兴奋的心情原谅她哥哥的酗酒和放荡行为。可不是吗!叶果鲁什卡早已让她相信他是由于痛苦才喝酒的:他是要用葡萄酒和白酒去淹没燃烧他心灵的绝望的爱情,他投入那些淫荡的女人的怀抱是为了竭力要从他那骠骑兵的脑袋里把她的美丽的形象排挤出去。而又有哪一个玛露霞,哪一个女人不认为爱情是可以使一切得到原谅的无比正当的理由呢?哪一个女人不是这样呢?

"乔治!"玛露霞说,依偎着他,吻他那枯瘦的红鼻子的脸,"你是由于痛苦才喝酒,这是实话……不过,既然是这样,你就把一切痛苦都忘掉吧!难道所有不幸的人都得喝酒吗?你忍耐点,勇敢点,克制自己一下吧!做个英雄好汉!像你这样有才智、这样正直又有爱心的人是能够经得住命运的打击的!啊!你们这些不得志的人,都是那么懦弱……"

于是玛露霞想起了屠格涅夫的罗亭(请读者原谅她吧),并开始对叶果鲁什卡议论起这个人物来。

叶果鲁什卡公爵躺在床上,两只发红的兔子眼睛望着天花板。

大作家讲的小故事

他头脑里乱哄哄的,不过肠胃里却有一种酒足饭饱的愉快感觉。他刚吃完午饭,喝了一瓶葡萄酒,这时吸着三戈比一支的雪茄烟,正在纳福呢。在他的迷糊的大脑中和痛苦的内心里萦绕着最杂乱的思想和感情。他可怜哭哭啼啼的母亲和妹妹,同时又很想把她们从房间里赶走,因为她们妨碍他小睡一会儿,打一会儿呼噜……他很生气,因为她们胆敢教训他,同时他又受到(大概也是很小的)良心的小小的谴责。他愚蠢,但也还没有愚蠢到看不出普里克朗斯基家的确已经败落了,而且这部分地是由他造成的。

公爵夫人和玛露霞恳求了很久。客厅里的灯已经亮了,来了一个客人,而她们却还在恳求他。最后,叶果鲁什卡由于躺着不能睡觉,心烦了。他伸了个懒腰,骨节咯咯作响,说:

"好了,我改过就是了!"

"这话是真心真意的吗?"

"说假话就让上帝惩罚我好了!"

母亲和妹妹一把抓住他的双手,逼他再一次对上帝起誓,凭人格起誓。叶果鲁什卡就再一次对上帝起誓,说如果他再不停止这种乱七八糟的生活,就当场让雷劈死。公爵夫人又要他吻圣像,他也就吻了圣像,并在胸前画了三次十字。总之,他做得十分地道。

"我们相信你!"公爵夫人和玛露霞说,并扑过去拥抱叶果鲁什卡。

她们相信了他。可不是,最真诚的话,殊死的发誓,对圣像的吻,这些加在一起,怎么能不相信呢?况且,哪里有爱,哪里就有不顾一切的信任。她们复活了,两人都喜气洋洋,如同犹太教徒庆祝耶路撒冷复兴一样庆祝叶果鲁什卡的新生。她们送走了客人之后,便在一个墙角坐下来,小声地谈论着她们的叶果鲁什卡将如何地变好,如何地过新生活……她们断定,叶果鲁什卡将来前途无量，会很快地改变她们家的境况，她们就再不会像现在这样极端贫穷了。这贫穷是一条讨厌的鲁比肯河①，凡是挥霍了家产的人都不能不渡过它。她们甚至断定叶果鲁什卡一定会娶一个有钱的美人，因为他是那么漂亮、聪明，而且门第显赫高贵，未必能够找到一个胆敢不爱他的女人！结束时，公爵夫人还讲述了祖先的家谱，而叶果鲁什卡也很快就会开始效法祖先。普里克朗斯基的祖父是公使，会说欧洲各国所有的语言；父亲是一个著名军团的司令官……而儿子将来也会……将来也会……会做什么呢？

"您一定会看见他将来做大事的！"公爵小姐断定说，"您一定会看见的！"

她们上床睡下后，又谈了很久关于他的美好的前程。她们睡熟后，又做了许多令人神往的梦。她们在睡梦中还幸福地微笑——这些梦太好了！这些梦多半是命运用来补偿她们第二天所经受的那些恐怖的。命运并不总是吝啬的：有时它还提前付给你一些恩惠呢。

深夜三时许，公爵夫人正好梦见她的宝贝儿子穿着豪华的将军制服，而玛露霞则正在梦中为她那发表演说的哥哥鼓掌。这时普里克朗斯基家门口来了一辆普通的出租马车，马车里坐着花卉饭店的仆役，他怀里抱着醉得跟死人一样的叶果鲁什卡公爵的高贵的身体。叶果鲁什卡已完全失去知觉，在仆役的怀抱里摇摇晃晃，活像一只刚宰好送往厨房里去的鹅。马车夫从车座上跳下来，拉了拉大门口的门铃。尼基福尔和厨师付了车费，便把醉汉的身体抬上楼去。老尼基福尔既不惊讶，也不害怕，用习惯了的手势脱去那不会动弹的身体上的衣服，把它放进羽绒褥子里头，盖上被子。仆人们一句话也没有说，他们早已看惯了自己的老爷变成必须抬上来、脱

---

① 意大利河名。古罗马恺撒曾不顾禁令越过这条河而引起内战。

大作家讲的小故事

去衣服、盖上被子的东西。所以他们一点也不惊奇，一点也不害怕。叶果鲁什卡酗酒，在他们看来，已经是常规了。

第二天早晨，大家又吃了一惊。

十一点钟左右，公爵夫人和玛露霞正在喝咖啡，尼基福尔走进饭厅来，向公爵夫人报告说，叶果鲁什卡公爵的情况不妙。

"公爵大概快要死了！"尼基福尔说，"您去看看吧！"

公爵夫人和玛露霞顿时脸色煞白，白得像亚麻布一样。一小块饼干从公爵夫人的嘴里掉了出来。玛露霞碰翻了咖啡杯，双手揪住胸口，胸膛里那颗受到出其不意的打击、惊恐万分的心跳得怦怦地响。

"大概是晚上三点钟喝醉了回来，"尼基福尔用发颤的声音报告说，"像平时一样……唉，而现在，上帝才知道是怎么回事，他不断地翻身，不断地呻吟……"

公爵夫人和玛露霞互相抓扶着，往叶果鲁什卡卧室里跑去。

叶果鲁什卡脸色发青发白，头发蓬乱，瘦弱得很厉害，躺在厚厚的鸭绒被子里，呼吸十分困难，全身发颤，翻来覆去。他的头和手一刻也不能安静，一直在动，不住地颤抖；胸口发出一声声呻吟，唇髭上挂着一小块红色的东西，显然是血。若是玛露霞弯下腰去凑近他的脸的话，她就会看见他嘴唇上有一个小小的伤疤，并且上颌缺少了两颗门牙。他全身都冒着热气和酒精气味。

公爵夫人和玛露霞跪着扑到他身边，放声大哭。

"他的死，是我们的罪过！"玛露霞说，捧着自己的头，"昨天我们责备他，使他伤心了，于是就……他受不了这种责备！他的灵魂很柔弱。我们对不起他，妈妈！"

她俩感到负疚，睁大眼睛，全身发颤，互相紧偎着。只有那种看见头顶上的天花板劈啪地发出可怕的碎裂声，马上就要塌下来，劈头盖脸地将自己砸得粉碎的人，才会这样地颤抖，这样地互相依偎着。

厨师想起来了，便跑去请医生。医生伊万·阿多尔福维奇来了。他个子矮小，整个人就像是一个很大的秃顶，有一双愚笨的像猪一样的小眼睛和一个滚圆的肚子。大家见到他很高兴，就像见到了亲爹一样。他闻了闻叶果鲁什卡卧室里的空气，按了一下脉搏，深深地吁了一口气，皱着眉头。

"您不用担心，夫人！"他用恳切的声音对公爵夫人说，"我不了解，不过按我的看法，夫人，您的儿子没有很大的所谓危险……不要紧！"

可是他对玛露霞说的又完全不一样：

"我不知道，公爵小姐，但按我的看法……各人有各人的看法，公爵小姐，按我的看法，公爵……哼……就像德国人所说的……很糟，不过呢，一切要看……要看所谓的转变期。"

"危险吗？"玛露霞问道。

伊万·阿多尔福维奇皱起额头，又是说各人有各人的看法……她给了他三个卢布。他道了谢，有点儿不好意思，咳嗽一声，就走了。

公爵夫人和玛露霞镇静下来以后，便决定去请名医。虽然名医收费很高，可是……有什么办法呢？亲人的性命要比钱更贵重。厨师便跑去请托波尔科夫。不消说，医生没有在家，他只好留下一个字条。

托波尔科夫对约请没有很快做出反应。她们等着他，心里发紧，彷徨不安，等了一天，又等了一整夜和一个上午……她们甚至想派人去找另外的大夫，并决定等托波尔科夫来时，就骂他是"粗人"，而且要当面骂他，好让他下一次再不敢叫人等他这么久。普里克朗斯基公爵家的人尽管很难受，也只好在内心里愤怒。终于在第二天下午两点钟，才有一辆带弹簧的四轮马车驶到他们家门口。

大作家讲的小故事

尼基福尔急忙踩着碎步到门口去。过了几秒钟，他极恭敬地从他外甥的肩上脱下厚呢大衣。托波尔科夫咳嗽一声，表示他的到来，对谁也没问候，便朝病人的房间走去。他穿过大厅、客厅和饭厅，对谁也不看一眼，像将军一样庄严，整个房子都震响着他那锃亮的皮鞋踏出的声音。他的魁梧的身躯博得人们的尊敬。他体态端庄，高傲，仪表堂堂，五官极其端正，就像是用象牙雕出来的。他那副金丝眼镜和那张极其严肃、呆板的脸，更加突出了他高傲自负的神态。论出身，他是平民，但是平民的特点在他身上，除了极其发达的肌肉外，却几乎什么也没有。一切都是老爷的气派，甚至是绅士的气派。脸蛋红润而漂亮。如果按他病人的恭维，甚至是非常漂亮。脖子白得跟女人的脖子一般，头发像丝一样柔软，很美，只可惜剪得太短了。托波尔科夫要是注重外表的话，他就不会把头发剪短，而是把它卷起来，垂到领口上。他的脸很漂亮，只是过于枯燥，过于严肃，所以不使人感到愉快。那张脸枯燥、严肃，而且呆板，除了整天工作造成的极度疲倦外，什么表情也没有。

玛露霞走过来迎接托波尔科夫，在他面前绞着手指，开口求他帮忙。从前她却是从来没有求过任何人的。

"救救他吧，医生，"她说，抬起一双大眼睛看着他，"我恳求您！一切希望都寄托在您身上了！"

托波尔科夫绕过玛露霞，向叶果鲁什卡那边走去。

"打开通气窗！"他一边走近病人，一边吩咐道，"为什么不开通气窗？病人怎么呼吸呢？"

公爵夫人、玛露霞和尼基福尔都往窗子和炉子那边奔去。窗子装上了双层框，没有通气口了，炉子没有生火。

"没有通气窗。"公爵夫人胆怯地说。

"把他抬到大厅里去，那里的空气没有这么闷。去叫人来！"

尼基福尔赶忙跑到床边，在床头那边站着。公爵夫人涨红了脸，因为她家里除了尼基福尔、厨师和一个半瞎的女仆外，再也没有别的仆人了。她跑到床边，玛露霞也跑到床边，用尽全力去抬床。一个衰朽的老头和两个弱女子呼哧呼哧地把床抬起来。他们不相信自己的力量，磕磕绊绊，害怕把床弄翻了。公爵夫人的连衣裙从肩部裂开了，肚子上似乎也有什么东西脱落了。玛露霞眼前昏黑，双手痛得厉害。叶果鲁什卡真重啊！而他，医学博士托波尔科夫却傲慢地走到床后面，生气地皱着眉头，认为这些琐事占用了他的时间。他连手指都不肯动一下帮帮两个女人！这个畜生！……

他们把床放在钢琴旁边。托波尔科夫掀开被子，并向公爵夫人提问，开始给翻来覆去的叶果鲁什卡脱去衣服。转瞬间，他的衬衣就被脱了下来。

"您说得简单一点，劳驾！这些话跟病情不相干！"托波尔科夫一边听着公爵夫人说话，一边吐字清楚地说，"没有事的人可以离开这里！"

他用小锤子敲了敲叶果鲁什卡的胸口，再把病人翻过身来，背朝天，又敲了敲。他听诊时带着喘息的声音（医生听诊时总是要喘息的），诊断确定是一种单发性酒狂症。

"不妨给他穿上热病患者的紧身衣。"他用平稳的、每个字都吐得清清楚楚的语气说。

他再给了几个忠告，然后开好处方，便很快地朝门口走去。他开完处方后还顺便问了叶果鲁什卡的姓。

"普里克朗斯基公爵。"公爵夫人说。

"普里克朗斯基？"托波尔科夫反问道。

"你怎么这么快就忘记了你旧日的……地主的姓！"公爵夫人想道。

大作家讲的小故事

公爵夫人没敢想"主人"这个词,这个旧日农奴的身影实在太威严了!

在前厅,她走到他跟前,带着紧张的心情问道:

"医生,他没有危险吧?"

"我想没有。"

"您看,他会康复吗?"

"我想会。"医生冷漠地答道,稍稍低着头,沿台阶往下走,去找他的马车。他的马车同样体态端正而又庄严,跟他本人一样。

医生走后,公爵夫人和玛露霞在经过一昼夜的折腾以后,第一次舒畅地松了一口气。名医托波尔科夫给了她们希望。

"他多么细心,多么可爱!"公爵夫人说,她心里想为世界上所有的医生祝福。孩子有了病,做母亲的就喜欢医学,相信医学!

"这个老爷很高傲!"尼基福尔说,他在主人家里除了叶果鲁什卡的朋友、那些寻欢作乐的人和酒鬼之外,再也没有见到过别人。这个老朽做梦也没有想到,这个高傲的老爷不是别人,竟是那个满身肮脏的孩子柯尔卡,当年他曾不止一次地揪住他的脚把他从运水车上拖下来,并狠狠地抽打一顿。

公爵夫人一直瞒着他,没说出他外甥成了医生。

傍晚,太阳落山后,被痛苦和疲倦弄得全身无力的玛露霞忽然非常厉害地打起寒战来,这寒战使她倒在了床上。寒战之后便是高烧,肋骨疼痛。她彻夜说梦话,并哼哼着说:

"我要死了,妈妈!"

第二天九点多钟托波尔科夫又来了,但已不是给一个人,而是给两个人——公爵叶果鲁什卡和玛露霞——治病了。他发现玛露霞得了肺炎。

普里克朗斯基家里笼罩着死亡的气氛。这看不见的、可怕的死

142

神在两张床的床头开始时隐时现,每分钟都在威胁着年老的公爵夫人,要夺走她的孩子。公爵夫人绝望得失去理智了。

"我不知道!"托波尔科夫对她说,"我无法知道!我不是预言家。要过几天之后才能看清楚。"

他说这些话时是干巴巴的,冷漠的。这刺痛了不幸的老太婆的心。哪怕说一句有希望的话也好!好像要对她的不幸火上加油似的,托波尔科夫几乎不给病人开药方,只管忙于敲打、听诊、申斥,说这里的空气不干净,压布放得不是地方、不是时候。老太婆则认为所有这些都是时髦的玩意儿,是毫无用处的东西。她白天黑夜都不停地从这张床跑到那张床,忘记了世上的一切,不断地起誓、许愿和祈祷。

她知道热病和肺炎是致命的疾病。当玛露霞的痰中带有血丝时,她以为公爵小姐已经到了"肺结核的末期",于是她便倒在地上,昏厥过去了。

当公爵小姐在生病的第七天现出了微笑,并说道:

"我好了。"

您可以想象,公爵夫人当时是多么高兴啊!

第七天叶果鲁什卡也醒过来了。公爵夫人见到来治病的托波尔科夫时,就像见到了半神半人一样不断地祈祷,幸福得又哭又笑,并走过去对他说:

"我感激您,大夫,您救活了我的两个孩子!"

"什么?"

"我对您感激不尽,您救活了我的两个孩子!"

"可是……现在已经是第七天了!我原以为五天就会好的。不过反正已经好了。早晨和晚上给他们吃这些药粉。这条厚被子可以换成薄一点的。给您的儿子喝点酸饮料。明天晚上我再来。"名医

点点头,迈着匀整的将军式的步子,朝楼梯走去。

二

  这是一个秋天的日子,白天晴空万里,略有寒意。在这样的日子里,人们往往情愿忍受寒冷、忍受潮湿、忍受沉重的套鞋。空气如此清澈,连最高的钟楼上的一只寒鸦也能看见。空气中洋溢着秋天的气息。走到街上,您的脸颊会泛起大片健康的红晕,就像克里米亚上好的苹果。早已凋落的黄叶被人们践踏着,焦急地等待着第一场雪,它们在太阳的照射下闪出金色的光芒,像一枚枚金币。大自然熟睡着,静谧、平和,没有一点风,也没有声音。它静止不动,无声无息,仿佛经过春天和夏天之后,已十分疲倦,要在温暖、爱抚的阳光下享一下清福了。看着这种正在开始的祥和的气氛,您自己的心情也会平静下来……

  当玛露霞和叶果鲁什卡坐在窗前,最后一次等待托波尔科夫到来的时候,就是这样的一个白天。温暖、爱抚的阳光射进普里克朗斯基家的窗户里来了,它照亮了地毯、椅子和钢琴。所有的东西都沐浴在这种阳光里。玛露霞和叶果鲁什卡从窗口望着街上,庆祝着自己的康复。病愈的人,特别是他们又还那么年轻,当然是会感到非常幸福的。一般健康的人是感觉不到健康的,而他们却感到了,理解了。健康就是自由,那么,除了被解放的农奴,谁还能享受到这种领略自由的快乐呢?玛露霞和叶果鲁什卡每分钟都感到自己是被解放了的农奴。他们是多么快乐啊!他们想呼吸,想到窗口看看,想行走,一句话——想生活,而且每秒钟都在实现着这些愿望。讨债的富罗夫、谣言、叶果鲁什卡的品行、贫穷——一切都忘诸脑后了,只有那些愉快的、不搅乱人心的事情才没有忘记:好的天气,即将举行的舞会,善良的妈妈和……医生。玛露霞又说又

笑，没个完。主要的话题，就是他们每分钟都在等待的医生。

"一个令人惊讶的人，一个无所不能的人！"她说，"他的医术多么高超！你想想吧，乔治，多么崇高的功绩：同自然界作斗争，并且战胜它！"

她一直在说。每说完一句夸张的却又是诚恳的话后，总要用手势和眼睛打上一个很大的感叹号。

叶果鲁什卡听着妹妹那些热烈称赞的话，眨眨小眼睛，唯唯称是。他自己也尊敬托波尔科夫严肃的脸，并相信自己的康复完全归功于他一人。妈妈坐在旁边，满面笑容，心情欢快，分享着孩子们的快乐。

她喜欢托波尔科夫仅仅是因为他会治病，而且也因为她在医生的脸上看到了一种"积极有为的东西"。

不知为什么，老年人都特别喜欢这种"积极有为的东西"。

"遗憾的是，他……却是那么低贱的出身，"公爵夫人胆怯地看了一眼女儿，"而且他的手艺……也不大干净，老是在翻找各种各样的东西……呸！"

公爵小姐脸红起来，坐到另一张圈椅上去，离得母亲远一些。叶果鲁什卡也歪扭了一下身子。

他受不了贵族的傲气和妄自尊大。

贫穷能教育任何的人！他已不止一次地亲身经历过那些比他富有的人对他摆架子了。

"如今这个年月，妈妈，①"他轻蔑地耸耸肩膀说，"谁肩膀上有个脑袋，裤子上有个大口袋，谁就是好出身；谁在长脑袋的地方长上了屁股，该有口袋的地方却只有肥皂泡，他就是……一个零。就是这么回事！"

———————
① 原文为法语。

大作家讲的小故事

叶果鲁什卡说这话也是一种学舌。这些话是他在两个月之前从一个宗教学校的学生那里听来的。他还在台球房里同这个学生打过一次架呢。

"我情愿拿我的公爵头衔去换取他的脑袋和口袋。"叶果鲁什卡补充说。

玛露霞抬起眼睛看着哥哥,充满感激之情。

公爵夫人守旧思想受到揭发,感到很难为情,就分辩起来:

"不过,在彼得堡我认识了一个大夫,是个男爵,"她说。"对,对……在国外也有……这是真的……教育可是很重要的……嗯,对了……"

十二点多钟托波尔科夫来了。他进来的时候,也像头一回那样:对谁也不看一眼,高傲地走过来。

"不要喝含酒精的饮料,尽可能避免饮食过度。"他放好帽子,对叶果鲁什卡说,"要注意肝脏,您的肝肿大了许多。肝肿大完全是由于您服用了那些饮料。要喝我给您开的药水。"

他又转过身对着玛露霞,也给她提出了几个最后的忠告。

玛露霞注意地听着,好像在听有趣的童话。她眼睛直勾勾地看着这个有学问的人。

"怎么样?我想,您已经明白了吧?"托波尔科夫问她。

"噢,听明白了!谢谢!"

他这次出诊持续了整整四分钟。

托波尔科夫咳嗽一声,拿起帽子,点一点头。玛露霞和叶果鲁什卡把眼睛盯在母亲身上。玛露霞甚至脸红了。

公爵夫人涨红着脸,像鸭子似的摇着身子,走到医生身边,不好意思地把手塞进他的白净的拳头里。

"请让我向您致谢!"她说。

叶果鲁什卡和玛露霞垂下了眼睛。托波尔科夫把拳头举在眼镜前，看见一沓钞票。他并不觉得难为情，也不垂下眼睛，而是把手伸进嘴里，蘸了点唾沫，很小声地数起钞票来。他数出有十二张二十五卢布的钞票。难怪昨天尼基福尔拿着她的镯子和耳环在外面奔走！托波尔科夫的脸上掠过一小片明亮的云彩，类似人们在圣徒头上所画的光晕。他的嘴微微咧开，露出笑容。看样子，这笔报酬他很满意。他点完钱，把它放进口袋里，再一次点点头，转身向门口走去。

公爵夫人、玛露霞和叶果鲁什卡的眼睛盯着医生的背脊。他们三人立即感到他们的心紧缩了。他们的眼睛里流露出了美好的感情：这个人要走了，而且也不再来了，可他们已经习惯了他那匀整的步伐、吐字清楚的声音和严肃的脸孔。母亲的脑子里闪出一个小小的念头，她忽然想对这个木头般的人亲热一下。

"他是个孤儿，怪可怜的，"她想道，"他孤单一人。"

"医生。"她用柔和的老太太的声调说。

医生回过头来看一下。

"什么事？"

"请您跟我们一起喝杯咖啡好吗？请不要客气！"

托波尔科夫皱皱眉头，慢慢地从口袋里取出怀表，看看表后想了想，说：

"我喝点茶吧。"

"您请坐，就坐这儿吧！"

托波尔科夫放下帽子，坐下来。他坐得笔直，像是个人体模型：弯着双膝，肩膀和脖子挺直。公爵夫人和玛露霞忙碌起来。玛露霞睁着一对大眼睛，显出操心的神态，就像人家给她出了难以解答的习题似的。尼基福尔穿一身黑色的旧礼服，戴一双灰色手套，在所有的房间里跑来跑去。房子里到处响起了茶具的声音，茶匙丁

大作家讲的小故事

零作响。不知因为什么事,叶果鲁什卡被人从大厅里叫出去一会儿,而且是被悄悄地、秘密地叫出去的。

托波尔科夫等着喝茶,坐了大约十分钟。他坐着瞧着钢琴的踏板,全身各个部位一动不动,也没有发出一点声音。终于客厅的门打开了,满面笑容的尼基福尔手里端着一个大托盘走了进来,托盘上放着两个套着银托的茶杯:一个是给医生的,另一个是给叶果鲁什卡的。两个茶杯周围,遵照严格的对称方式,放着鲜牛奶壶和鲜奶油壶、糖罐和糖夹子、一杯柠檬以及小叉子和饼干。

叶果鲁什卡跟着尼基福尔进来了。他为了表示庄重,脸部变得有点呆板了。

走在最后的是额头冒汗的公爵夫人和睁着一对大眼睛的玛露霞。

"请用茶!"公爵夫人对托波尔科夫说。

叶果鲁什卡拿起茶杯来,走到旁边,小心地喝了一口。托波尔科夫也拿起茶杯,喝了一口。公爵夫人和玛露霞在旁边坐下,注视着医生的面容。

"您的茶可能不甜吧?"公爵夫人问。

"不,够甜了。"

正如所预料的那样,沉默开始了。这是一种可怕的、令人讨厌的沉默。不知为什么,这时使人感到一种极其尴尬的处境,使人难为情。医生只管喝茶,不说话,显然,他对周围的一切并不关心,除了面前的茶,什么也没看见。

公爵夫人和玛露霞倒非常想跟这位有学问的人说说话,但又不知从何说起。她们俩都怕自己出洋相。叶果鲁什卡看了医生一眼,从他的眼神可以看出,他想向医生提什么问题,却又仿佛拿不定主意。坟墓般的静寂笼罩着一切,偶尔被喝茶的声音打破。托波尔科

夫喝茶的声音很响,看来,他并不感到拘束,喝得很随便,喝下去时,还带着"咕嘟"的响声,就像是水从嘴里掉进一个深渊里,扑通一声打在一个又大又平滑的东西上。尼基福尔偶尔会打破一下寂静,他的嘴唇吧嗒一声,咀嚼起来,好像在品尝做客的医生是什么滋味似的。

"据说吸烟有害,对吗?"叶果鲁什卡终于打定主意问道。

"尼古丁,烟草的生物碱,它对人的身体的影响相当于一种剧毒。每一支烟带给人的机体的毒素,在数量上是微不足道的,但是它的吸入却是持续不断的。毒的数量及其能量,同服用的持续性成正比例。"

公爵夫人和玛露霞彼此看了一眼:他是多么聪明啊!叶果鲁什卡眨巴着眼睛,拉长了自己像鱼一样的面孔。他这个可怜虫,没听懂医生的话。

"以前在我们团里,"他开始说,想把学术的谈话转为平常的谈话,"有一位军官,姓柯谢奇金,是一个很正派的小伙子,他长得很像您!非常像!就跟两滴水一样,甚至无法分清!他是您的亲戚吗?"

医生没有回答他,只是发出很响的喝茶声。他的嘴唇的两角稍稍提起来,做出轻蔑的微笑的样子。他显然瞧不起叶果鲁什卡。

"请您告诉我,医生,我是完全康复了吗?"玛露霞问道,"我能指望我会完全地康复吗?"

"我想能。我期望您完全康复。我有根据……"

于是医生高高地抬起头来,从近处凝视着玛露霞,开始解释肺炎的成因。他说话从容不迫,吐字清楚,声调不高也不低。大家更喜欢听他说话,听得津津有味。遗憾的是,这个干巴巴的人不会通俗地讲,他认为没有必要换个花样去迁就外行人的头脑。他好几

大作家讲的小故事

次提到"脓肿"和"凝块状变性"之类的词。一般地说,他讲得很好,很优美,但却很不好懂。他长篇大论,里面夹杂着许多医学上的术语,却没有一句听众能听懂的话。然而这并不妨碍听众张开嘴巴坐着,并带着虔敬的心情望着这位学者。玛露霞目不转睛地看着他的嘴,捕捉着他说的每一句话。她看着他,拿他的脸去同她每天都看见的那些脸暗自进行比较。

许多向她献殷勤的人,叶果鲁什卡的朋友们,天天都来拜访,令她讨厌。这些人的枯瘦、麻木的脸同这张聪明而又疲倦的脸是多么不同啊!从那些纵酒作乐的人和浪子们的嘴里,玛露霞连一句好的正经的话也没听到过。那些人的脸同这张冷漠的、缺乏热情的,可又是聪明的、高傲的脸相比,简直有天壤之别。

"一张非常可爱的脸!"玛露霞想。他的脸,他的声音,他的话语都令她叹赏,"多么有智慧,多么有学问啊!为什么乔治要去做军人呢?他也应该做个学者。"

叶果鲁什卡也动情地看着医生,想道:

"既然他在谈论学识方面的事,可见,他把我们看成是有学识的人。我们在社会中处于这样的地位,这也不错。不过我刚才扯到柯谢奇金的事,倒显得有点愚蠢。"

当医生结束其演讲时,听众们都深深地吁了一口气,就像是完成了一项光荣业绩似的。

"什么都懂多好啊!"公爵夫人感叹道。

玛露霞站起来,好像要答谢医生的演讲似的,坐到钢琴前,弹奏起来。她很想参与同医生的谈话,谈得更深一些,更恳切一些,而音乐总是引导人谈话的。是啊,她也很想在这个聪明的、有理解能力的人面前显示一下自己的本领……

"这是肖邦的一首曲子,"公爵夫人开始说话,娇慵地微微一笑,像贵族女学生那样双手交叉起来,"一首美妙的曲子!医生,我敢夸一句口,她也是我们家出色的女歌手,是我的学生……我从前有一副非常好的嗓子。而那个女歌唱家……您知道她吗?"

接着公爵夫人说出了一个著名的俄国女歌唱家的姓。

"她对我很感激……是啊……我教过她的课!那时她是一个很可爱的姑娘!她跟我已故的公爵丈夫有点亲戚关系……您喜欢听歌吗?不过我何必问这个呢?有谁会不喜欢听歌呢?"

玛露霞开始弹奏圆舞曲中最精彩的地方,并微笑着回过头来看一下,她要从医生的脸上看出她的演奏给他留下了什么样的印象。

可是她什么也没有看出来。医生的脸还和原先那样毫无动静、枯燥冷漠。他很快地把茶喝完了。

"我很喜欢这段曲子。"玛露霞说。

"我表示感谢,"医生说,"我不想再听了。"

他吞下最后一口茶,站起来,拿上帽子,没有表示半点愿意把圆舞曲听完的意思。公爵夫人站了起来。玛露霞很窘,感到委屈,便关上了钢琴。

"您这就要走了?"公爵夫人说道,紧紧地皱着眉头,"您还要点什么吗?我希望……大夫……您现在已经认得路了。那么,随便哪个傍晚……来坐坐吧……请您不要忘记我们……"

医生点了两下头,不好意思地握了握公爵小姐伸过来的手,默默地走去穿自己的皮大衣。

"简直是一块冰!是木头!"等医生走了后公爵夫人说,"这真可怕!连笑都不会,这种木头人!你白给他弹奏了,玛露霞!他好像只是为喝茶而留下来的,喝完就走了!"

"可是,他多么聪明啊!妈妈!非常有头脑!在我们家里他又能跟谁谈话呢?我无知识,乔治不开通,也不爱说话……难道这种

大作家讲的小故事

学术交谈我们能支撑下去吗？不行啊！"

"瞧，这就叫平民！这就是尼基福尔的外甥！"叶果鲁什卡一边说，一边从壶里喝奶油，"他算什么呀，又是合理啦，又是冷淡啦，又是主观啦……说得滔滔不绝，小滑头！这算是哪家子平民啊！他那辆四轮马车，你们快来看看吧，多阔气啊！"

于是三个人都到窗口来看那辆四轮马车。车上坐着那位名医，身穿宽大的熊皮大衣。公爵夫人由于嫉妒而满脸通红。叶果鲁什卡则意味深长地挤眉弄眼，吹口哨。玛露霞没看见四轮马车：她没有工夫去看车，她在看医生，因为医生给她的印象更强烈。新鲜的事对谁会没有吸引力呢？

托波尔科夫对玛露霞来说，实在太新鲜了……

下了第一场雪，接着是第二场，第三场。冬天的时间拖得很长。好厉害的严寒，大雪成堆，水结成冰柱。我不喜欢冬天，也不喜欢自称喜欢冬天的人。冬天，街上冰冷，屋里烟雾腾腾，套鞋潮湿，那天气时而严酷得像婆婆，时而哭哭啼啼像老处女，因此即便有幻境般的月夜，有三套马的马车、狩猎、音乐会、舞会，冬天也很快就令人讨厌。而且它拖得太长了，这样它毒害的就不单是无家可归和害痨病的人的生命了。

普里克朗斯基公爵家的生活又照常进行了。叶果鲁什卡和玛露霞已经完全康复，甚至母亲也不认为他们是病人了。家庭境况和过去一样，无法改善，局面越来越糟，钱越来越少……公爵夫人把所有值钱的东西，祖传的和自己购置的，统统拿去抵押了又抵押。尼基福尔和先前一样，主人派他出去赊购各种零碎物品，他就在铺子里扯淡，说主人欠他三百卢布却不想付给他。厨师也发这样的牢骚，小铺老板怜悯他，就把旧皮鞋送给了他。富罗夫逼债更紧了，不管公爵家提出什么样的延期办法，他都不同意。公爵夫人恳求他暂缓提出偿债诉讼，他就出言不逊。富罗夫开了头，其他债主也吵闹不休。公爵夫人每天早晨都不得不去见公证人、法庭执行吏和债主。看来，处理破产事务的会议就要召开了。

像原先一样，公爵夫人枕头上泪水不干。白天公爵夫人强打精神，晚上则是泪水不停地流，通宵哭泣，直到天明。无须走远，就能看到她哭泣的理由。这些理由都是明摆着的，彰明较著，非常刺目：贫穷、随时受到侮辱的自尊心……受谁的侮辱呢？无非是一些微不足道的小人物，各种各样的富罗夫、厨师、小商人等。那些心爱的物品都拿去抵押了。同这些东西割舍时，公爵夫人非常伤心。叶果鲁什卡还跟原先那样，过着不规矩的生活，玛露霞还没有出嫁……哭泣的理由还少吗？前途暗淡，而且透过这暗淡的前途，公爵夫人窥见了险恶的幽灵。这前途非常糟糕。它已经没有指望，只能使人害怕……

钱越来越少了，而叶果鲁什卡喝酒却越来越厉害。他使劲地喝，拼命地灌，好像有意要补上生病期间所损失的那段时间似的。他把一切东西，不管是他有的和没有的、他自己的还是别人的，全都拿去换酒喝光。在放荡的生活中，他不顾一切，厚颜无耻。他一见到人就开口借钱，这在他已不当一回事了。身无分文，也坐下来打牌，这在他已经是惯常的事了。至于大吃大喝而由别人付钱，坐上出租马车派头十足地兜风，完了却不付车钱，这一切他都认为不为过。他很少改变自己。从前人家嘲笑他，他会生气，现在他遭到驱赶或被人押走，也就是稍稍有点难为情罢了。

唯有玛露霞一个人变了。她有新的变化，而且是最可怕的变化。她开始对哥哥感到失望。不知为什么，她突然觉得他不像从前那个不被人承认的和不为人理解的人了，而纯粹是一个极普通的人，他同大家一样，甚至还不如他们……她已不相信他那个绝望的

大作家讲的小故事

爱情。这是可怕的变化！她在窗前一坐就是几个小时，毫无目标地望着街上。想象着哥哥的脸，极力想在他的脸上看到一种和谐的不至于令人失望的东西。可是在这张平淡无奇的脸上却什么也没有看出来，只看到一点：一个空虚的人！败类！在她的想象里，同这张脸并排的是他朋友们的脸，客人们的脸，安慰人的老太太的脸，新郎的脸，以及哭哭啼啼、由于痛苦而变得麻木的公爵夫人本人的脸。痛苦使玛露霞可怜的心缩紧了。在这些亲密的、为她所爱，然而又渺小的人的身边生活，是多么庸俗、平凡、呆板，多么愚蠢、无聊和懒散啊！

痛苦紧压着她的心，同时又有一种强烈的、异教徒的愿望使她喘不过气来……有时候她真恨不得一走了事。可是到哪里去呢？自然，她想到那样一个地方去，在那里人们不会在贫穷面前发抖，不过淫荡的生活，而是工作，不整天同愚蠢的老太婆和酗酒的傻瓜扯淡……于是在玛露霞的想象里，像一枚拔不掉的钉子一样，出现了一张正派人的有智慧的脸，在这张脸上她看到了智慧、丰富的知识和疲劳。这是一张令人无法忘却的脸。她天天都看见这张脸，而且是在最幸福的情况下，也就是这张脸的主宰者正在工作，或者是显出正在工作的样子的时候。

托波尔科夫医生每天都在普里克朗斯基家门前经过，他坐在自己豪华的雪橇上，盖着熊皮毯子，由胖车夫驾着雪橇。他的病人很多，从清早出诊，一直到深夜，一天内他得跑遍一切大街小巷。他坐在雪橇上就像坐在圈椅上一样，姿态傲慢，昂起头，挺起胸，不左顾右盼，在熊皮大衣的毛茸茸的领子里，除了白色、光滑的额头和一副金丝眼镜之外，什么也看不见。不过玛露霞能看见这些也就满足了。她觉得这位人类恩人的眼睛通过眼镜，射出的是冷漠的、高傲的、轻蔑的光芒。

"这个人有权利蔑视别人！"她想，"他有智慧！而他的雪橇又是多么豪华啊！那些马匹多么漂亮！而他过去却是个农奴！需要多么强有力的意志，才能生下来是奴仆而后来却成为像他这样高不可攀的人！"

只有玛露霞一个还没忘记医生，其他的人已经开始忘记他了，如果不是因为他做了一件使人不能忘记他的事的话，人们早就把他忘得一干二净了。他做的那件事着实使人太难受了。

圣诞节第二天的中午，普里克朗斯基一家人都在家，前厅里突然响起了门铃声。尼基福尔开了门。

"公爵夫人在……在家吗？"从前厅传来一个老太太的声音。还没有等到回答，客厅里就进来了一个矮小的老太婆，"您好，公爵夫人，老人家……恩人！近来可好？"

"您有什么事吗？"公爵夫人问道，好奇地看着老太婆。叶果鲁什卡用拳头捂着嘴扑哧一笑。他觉得老太婆的脑袋像一个熟透了的小甜瓜，上面还翘着一根小尾巴。

"您不认得我了，好太太！难道您不记得我了？您把普罗霍罗夫娜给忘记了？您的小公爵就是我接生的啊！"

于是，老太婆走近叶果鲁什卡，吧嗒着嘴，很快地吻了他的胸和手。

"我不明白，"叶果鲁什卡生气地说，在上衣上擦擦手，"尼基福尔，这个老鬼，把所有的傻瓜都放进来了……"

"您有什么事吗？"公爵夫人再问一句，她感到老太婆身上有一股强烈的低级橄榄油的气味。

老太婆在圈椅上坐下来，说了很长的开场白后，微微笑着，卖弄风情地（媒婆总是卖弄风情的）声明说，公爵夫人有一批货，而她这个老太婆却有一位买主。玛露霞立刻脸红了，叶果鲁什卡则扑

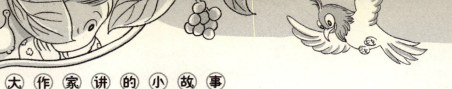

大作家讲的小故事

哧地笑了一声,很感兴趣地走到老太婆跟前。

"真奇怪,"公爵夫人说,"就是说,您是来说媒的喽?给您道喜了。玛露霞,求婚的来了!而他是谁呢?可以打听一下吗?"

老太婆气喘吁吁地把手伸进胸前的衣兜里,从那里取出了一块红色花布手绢。她解开手绢包的小结,把包里的东西抖落在桌子上,一张照片随着一个顶针掉了出来。

大家都抽动了一下鼻子:那块红底黄花手绢散发出一股烟草味。

公爵夫人拿起照片,懒洋洋地举到眼前。

"这是个美男子,好太太!"媒人开始介绍照片上的人,"他富有、高贵……是非常好的人,不喝酒……"

公爵夫人脸红起来,把照片递给了玛露霞。玛露霞顿时脸色煞白。

"真奇怪!"公爵夫人说,"如果医生有意思的话,那么,我想,他自己可以来……这里根本不需要中间人!……他是个有教养的人,可是突然……是他派您来的吗?是他本人派您来的?"

"是他本人……他非常喜欢你们……你们是好人家。"

玛露霞忽然尖叫一声,把照片捏在手里,飞快地跑出了客厅。

"真奇怪,"公爵夫人重复地说,"真令人惊讶……甚至不知道该对您说些什么才好……我无论如何也没有料到医生会这么做……他何必要惊动您呢?他满可以自己来嘛……他这样做甚至使人难受……他把我们看成是什么人了呢?我们不是什么商人……现如今就是商人也已换了一种活法了。"

"怪人!"叶果鲁什卡哼了一声,轻蔑地看了一眼老太婆的小脑袋。

如果能让他在这个小脑袋上哪怕用手指头弹上一下,这个退伍骠骑兵情愿付出很高的代价!他不喜欢这个老太婆,就像大狗不喜欢小猫一样,而且他一看见这个像甜瓜一样的脑袋,简直就像狗一样兴奋起来。

"好吧,好太太,"媒婆说,叹一口气,"虽说他没有公爵的爵位,不过,我可以说,好公爵夫人……您可是我的恩人啊。哎呀,罪过,罪过!难道他不高贵?他受过所有的教育,又有钱,主赐给他一切荣华富贵,圣母呀……如果要他到您这里来,那就照您的意思办吧……他会到这里来的,为什么不来呢?可以来……"

最后,老太婆抓住公爵夫人的肩头,把她拉过来,在她耳朵边低声说:

"他要六万……这是很自然的事!老婆是老婆,钱是钱。您自己也明白……'我,'他说,'娶老婆不能不要钱,因为她在我这里也会得到一切满足的……那她也得有自己的资本……'"

公爵夫人涨红了脸,笨重的连衣裙抖得沙沙响,从圈椅上站起来。

"难为您转告医生,就说我们感到非常奇怪,"她说,"我们很难过……这样做是不行的。别的我就再不能对您说什么了……你怎么不说话呢,乔治?让她走吧!任何忍耐都是有限度的!"

媒婆走后,公爵夫人抱住自己的头,倒在长沙发上,哼哼起来:

"瞧,我们竟到了这样的地步!"她哭道,"我的天啊!一个江湖郎中,下贱货,昨日的奴仆,竟也到我们这儿来求婚了!还说他高贵!……高贵!哈哈!你们说,是什么样的高贵啊!竟派媒婆说媒来了!可惜你们的父亲不在了,他可不会白白地放过这件事!庸俗的傻瓜!下流人!"

不过,使公爵夫人感到屈辱的与其说是一个平民来向她女儿求婚,毋宁说是人家向她要六万卢布,而她却没有钱。哪怕是对她的贫穷有半点儿暗示,也就是对她的侮辱。她拖长声音大哭大喊,一

大作家讲的小故事

直闹到深夜，夜里还两次醒过来，又哭了两次。

不过媒婆来访，对任何人都没有像对玛露霞那样产生那么大的影响，它使可怜的姑娘像害了极厉害的热病一样。她全身哆嗦，倒在床上，把滚烫的头埋在枕头底下，用尽全力要解答一个问题：

"这难道是真的吗？！"

这是一个大伤脑筋的问题。玛露霞也不知道怎么回答才好。这个问题既表现她的惊讶，也表现她的难为情，还表现她的一种暗喜，可又不知为什么她羞于承认这最后一点，想瞒过自己。

"难道是真的吗？！他，托波尔科夫……不可能！事情有点不对头！是老太婆弄错了！"

与此同时，那些最最甜蜜的、朝思暮想的、令人心醉的幻想，那些使人心灵折服、头脑发热的幻想，都纷纷地在她脑子里蠕动起来。这个小生物整个地沉浸在说不出的欢乐里了。他，托波尔科夫，要她做他的妻子！要知道，他是那么端庄、漂亮、聪明！他把一生献给人类，而且……坐那么豪华的雪橇！

"难道是真的吗？！"

"我可以爱他！"傍晚玛露霞决定了，"噢，我同意！我没有任何偏见。我将跟这个农奴走遍天涯海角！哪怕母亲说一句话，我也会离开她！我同意了！"

其他问题，那些次要的和更次要的问题她已没有工夫去考虑了，顾不上了！例如为什么派媒婆来，他什么时候爱上她和为什么爱她，既然爱她为什么他自己没有来等，她哪里还顾得上去考虑这一些以及许多其他的问题呢！她震惊、奇怪……幸福……对于她，这就足够了。

"我同意！"她小声地说，极力在自己的想象里描摹他的面容及其金丝眼镜，以及透过眼镜往外看的那双有理智的、庄重的、疲倦的眼睛,"让他来吧!我同意。"

一方面是玛露霞这样在床上翻来覆去,全身都感到幸福得发热,另一方面那个媒婆却又在走访另一些商人家庭,广泛地散发医生的照片,从这个有钱人家到那个有钱人家,寻找可以向"高贵的"买主推荐的货物。托波尔科夫并没有派她专门到普里克朗斯基家去,他打发她"随便到哪家去都行"。他觉得自己必须结婚,但他采取无所谓的态度。对他来说,有一点是决定了的:不管媒婆到哪一家去说亲,他都需要得到……六万陪嫁。六万,少了不行!因为他打算买下的房子,人家给他开的价不会少于这个数字。他没有地方去借这笔钱,想分期付款,人家也不同意。因此就只剩下一个办法:为筹钱而结婚,他也就这样做了。至于他要用缔结良缘来欺骗自己,那么,这跟玛露霞毫不相干。

深夜十二点多钟,叶果鲁什卡悄悄地走进玛露霞的卧室。玛露霞已经宽了衣,极力要让自己入睡。出乎意料的幸福使得她疲乏了,她觉得她的心跳得整个房子都能听见,因此她很想安一安神。叶果鲁什卡脸上的每一条皱纹里都藏着一千个秘密。他神秘地咳嗽一声,意味深长地瞧着玛露霞,好像要告诉她一个非常重要而又秘密的事似的,在她脚边坐下,稍稍弯下腰,凑近她的耳朵。

"你知道我要告诉你什么吗,玛露霞?"他小声地说,"我坦率地对你说……我的看法是……因为,要知道,我是为了你的幸福。你在睡觉吗?我是为了你的幸福才说的……你就嫁给这个人吧……嫁给托波尔科夫吧!你就别扭扭捏捏了,你就嫁给他得了!……这个人各方面都……而且又有钱。他出身低贱点没关系,别管它。"

玛露霞把眼睛闭得更紧了。她害臊。同时,她哥哥同情托波尔科夫又让她感到很愉快。

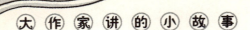

大作家讲的小故事

"可是他有钱!至少,一个人没有饭吃就活不成了。你只想等公爵伯爵来求婚,怕是还没有等着,你就已经饿死了……要知道,我们家现在连一个戈比也没有了!呸!全空了!那么你是睡着了还是怎么的?啊?不说话,就表示同意了?"

玛露霞微微笑了一下。叶果鲁什卡则笑出了声,并且生平第一次热情地吻了她的手。

"你就嫁给他吧……他是有教养的人。而我们也将过得很好!老太婆也不会再哭了。"

于是叶果鲁什卡沉浸在幻想里。幻想了一阵之后,他又摇摇头说:

"只有一点我弄不明白……他干吗要派这个媒婆来呢?为什么他自己不来呢?这里面有点文章……他不是这种人,他不会派媒婆来说亲的。"

"这话不错,"玛露霞想,不知为什么震颤了一下,"这里面真的有点文章……派媒婆来说亲是愚蠢的。这究竟是什么意思呢?"

叶果鲁什卡平时是不善于思考的。这一回却动起脑筋来了。他说:

"不过,要知道,他自己没有时间闲逛。他整天很忙,东奔西跑,走遍病人各家。"

玛露霞安不下心来,但持续的时间不长。叶果鲁什卡沉默了一会儿,然后说:

"还有一点我也不明白: 他吩咐那个老媒婆说陪嫁至少要六万。你听见了吗?她说:'否则就不行。'"玛露霞忽然睁开了眼睛,全身哆嗦了一下,连忙坐起来,甚至忘记拿被子把自己的肩膀盖上。她的眼睛发亮,两颊绯红。

"这是老太婆说的？"她拉住叶果鲁什卡的手说，"你跟她说，这是撒谎！这些人，也就是说，像他这样的人……是不可能说这样的话的。他也要……钱？！哈哈！只有不了解他的人，才会怀疑他有这种卑劣的想法。他是多么骄傲、多么正直、多么不贪财的人啊！是啊！这是一个最优秀的人！是人家不想了解他。"

"我也是这样认为，"叶果鲁什卡说，"老太婆满嘴胡说。多半是她要巴结他。她在商人那里已经习惯于这一套了！"

玛露霞肯定地点点头，然后把头埋在枕头底下。叶果鲁什卡站起来，伸了个懒腰。

"母亲在哭，"叶果鲁什卡说，"算了，我们就不要去管她了。那我们就这样说定了？你已经同意了？很好，用不着扭扭捏捏了，你就做医生的太太吧……哈哈！医生太太！"

叶果鲁什卡拍拍玛露霞的脚掌，非常满意地从她的卧室里走出来。当他躺在床上时，脑子里就开始把婚礼上要请的客人开列出一张很长的名单。

"香槟酒要到阿包尔士霍夫商店里去买，"他想着，昏昏欲睡了，"小吃之类则要到柯尔恰托夫商店里去买……他那里的鱼子新鲜。嗯，龙虾也……"

第二天早晨，玛露霞穿得很朴素，但很雅致，坐在窗前等着，不乏娇态。十一点钟，托波尔科夫坐着雪橇在她窗边疾驰而过，但他没有来拜访。中饭后，他又一次坐着马车在她的窗前疾驰而过，不仅没有来拜访，甚至也没有朝窗户看一眼。而玛露霞却是头发上系着粉红色的带子，在窗前坐着。

"他没有时间，"玛露霞一边想，一边观赏着他，"星期天他会来的……"

但是，星期天也没有来。过了一个月仍旧没有来，又过了两个

大作家讲的小故事

月、三个月……他根本就没有想起普里克朗斯基的家。而玛露霞却在等着他,而且人都等瘦了……像有一只不同寻常的猫,长着黄色的长爪子,抓挠着她的心。

"他为什么不来呢?"她自问道,"为什么呢?啊……我知道了……他生气了,因为……因为什么他要生气呢?因为妈妈对老媒婆很不客气。他现在以为我不可能爱他……"

"畜生!"叶果鲁什卡喃喃地说。他去阿包尔士霍夫商店已经十次了,问他们能不能让他订购上等的香槟酒。

三月底的复活节过后,玛露霞已不再等待他了。

有一天叶果鲁什卡走进她的卧室,恶狠狠地哈哈大笑,告诉她说,她的"求婚者"已经同一个商人的女儿结婚了……

"我有幸地给你道喜!真荣幸!哈哈哈!"

这个消息对我的这位娇小的女主人公来说太残酷了。

她垂头丧气,不是一天,而是几个月来都变得难于形容地忧愁和失望。她把头上的粉红色的带子拿掉了,恨不欲生。可是感情却是多么偏心和不公平啊!玛露霞就是在这时候也还能为他的行为找出理由来。看来,她没有白读那些长篇小说,因为小说中嫁人或娶妻往往都是故意为难所爱的人,而故意为难,是要叫他们明白,叫他们难堪,叫他们受点刺激而已。

"他娶这个傻女人就是故意气人,"玛露霞暗想,"噢,对他的求亲,我们采取了多么侮辱人的态度,做得多么不好!像他这样的人是不会忘记别人对他的侮辱的!"

她脸上健康的红晕消失了,嘴唇上也抿不出笑容来了,大脑已不再去幻想未来。玛露霞变得呆傻了。她觉得她的生活目标也跟托波尔科夫一起毁灭了。如果她已经注定只能同那些蠢人、寄生虫、酒鬼在一起,那么活着又还有啥意思呢?她忧郁起来了。她对什么都不关心，对什么都不注意，对谁的话都不理会，只是浑浑噩噩地过着枯燥乏味和毫无光彩的生活。我们的老处女们和年轻的处女们都很善于过这样的生活……她不去注意为数众多的求婚男人，也不去注意自己的亲人和熟人。她对穷困的家庭境况视而不见，漠不关心，她甚至没有注意到银行已经把普里克朗斯基家的房子连同所有有历史意义的并使她感到亲切的家什一齐卖掉了，她不得不搬到一个简陋便宜的具有小市民风尚的新居里去住。这是一个漫长的、难受的梦，其中倒也不乏梦见的人和事。她梦见了托波尔科夫的各种不同的样子：坐在雪橇上，穿着皮大衣，没有穿皮大衣，坐着，高傲地走路。全部生活都在梦里了。

但是一声雷响，梦就从她那长着亚麻色睫毛的浅蓝色的眼睛里飞走了……她的母亲，公爵夫人，经不住家庭的破产，在新居里生了病，死了。她除给孩子们留下祝福和几件连衣裙外，再也没有任何的东西。她的死，对公爵小姐来说，是可怕的灾难。梦飞走了，把位子让给了悲伤。

三

秋天到了，它跟去年的秋天一样，潮湿、泥泞。

外面是一个灰色的、多雨的早晨。暗灰色的云像是沾满了污泥似的，密密地遮住了天空，并且一动不动地留在那里，惹人烦恼。太阳似乎不存在了。它这样延续了整整一个星期，一次也没有对大地露过脸，好像害怕泥泞会玷污了它的光芒似的。

雨点敲打着窗子，特别卖力。风在烟囱里哭泣、号叫，像一条丧家犬……在所有人的脸上都流露出一种绝望的烦闷。

就是最绝望的烦闷也要比那天上午玛露霞脸上流露出的走投无路的悲哀好得多。我的女主人公踏着烂泥泞，朝托波尔科夫医生家

大作家讲的小故事

慢慢地走去。她为什么要去找他呢？

"我找他治病！"她想。

不过，不要相信她，读者！她脸上表现出来的内心的斗争不是平白无故的。

公爵小姐来到托波尔科夫家的门口，心里发紧，胆怯地拉一下门铃。一分钟后，门里面响起了脚步声，她的腿都要僵住了，都要弯下去了。门锁咔嚓一声，玛露霞看见面前出现了一个女仆，长得很不错，脸上显出疑惑的表情。

"医生在家吗？"

"我们今天不看病，明天来吧！"女仆说。由于湿气迎面扑来，女仆哆嗦一下，倒退了一步。这时门就在玛露霞的鼻子面前砰的一声关上了，震颤了一下后响起了闩门声。

公爵小姐很不好意思，慢慢地拖着身子回家了。家里等着她去看一场免费的戏，不过这种戏她已经看腻了。这远不是公爵家所应该有的戏！

叶果鲁什卡坐在小客厅里一张用光滑的新花布蒙着的长沙发上。他像土耳其人那样坐着，两条腿盘在身子底下。他的女朋友卡列丽雅·伊万诺夫娜躺在他旁边的地板上，两人在玩一种"鼻子"游戏和喝酒。公爵喝啤酒，他的情人喝马德拉酒。赢方除了有权打输方的鼻子外，还可以得到一枚二十戈比的银币。卡列丽雅·伊万诺夫娜因为是女性，对方得做出小小的让步，即可以用接吻来取代二十戈比的支付。这游戏使两人得到了难以形容的快乐。他们放声大笑，你揪我一把，我拧你一下，随时从自己的位子上跳开，互相追逐。叶果鲁什卡赢了，就像牛犊似的跳跃狂喜；卡列丽雅·伊万诺夫娜输了就接吻，接吻时她那忸怩的作态使得叶果鲁什卡神魂颠倒。

卡列丽雅·伊万诺夫娜是一个又高又瘦的黑发女子，眉毛非常黑，有一双凸出来的虾一样的眼睛。她每天都到叶果鲁什卡家里来。她总是早晨九点多钟来普里克朗斯基家，在这里喝早茶，吃午饭，吃晚饭，午夜十二点多钟离去。叶果鲁什卡要叫妹妹相信，卡列丽雅·伊万诺夫娜是歌唱家，是很可敬的女人，等等。

"你去跟她谈谈吧！"叶果鲁什卡劝导妹妹说，"她是聪明的女人！聪明极了！"

我认为，尼基福尔说得比较正确。他管卡列丽雅·伊万诺夫娜叫妓女和骑兵·伊万诺夫娜。他心里非常恨她，在不得已要伺候她时，总是要冒火。他嗅出了真情。这个年老忠心的仆人的本能告诉他，这个女人不配在他主人的身边……卡列丽雅·伊万诺夫娜又愚蠢又空虚，然而这并不妨碍她每天肚子吃得饱饱的走出普里克朗斯基的家门，口袋里装满了赢来的钱，而且相信少了她他们就活不下去。她是俱乐部台球记分员的老婆，不过如此，但这并没有妨碍她成为普里克朗斯基家的十足的女主人。这头母猪喜欢把两只脚放在桌子上。

玛露霞靠抚恤金生活，那是她在父亲死后领到的。父亲的抚恤金比一般将军的抚恤金要多。可是玛露霞名下的那一份却很少。如果不是叶果鲁什卡那样任性挥霍，这份抚恤金也还是能够维持生活上的温饱的。

他不愿意工作，也不会工作！因为他不愿意相信自己穷。如果有人叫他要迁就家庭的处境，尽量减少任性的浪费，他就会发火。

"卡列丽雅·伊万诺夫娜不喜欢吃小牛肉，"他常常对玛露霞说，"需要给她做烤子鸡。鬼才知道你们是怎么一回事，又要当家，又不会当家！明天再不能有这种一文不值的小牛肉了！我们会把这个女人饿死的！"

玛露霞偶尔顶他几句，可是为了避免发生不快，还是去买了子鸡。

大作家讲的小故事

"为什么今天没有烧烤菜？"叶果鲁什卡有时大喊大叫。

"因为我们昨天吃过烤子鸡了。"玛露霞答道。

然而，叶果鲁什卡不懂得当家的最简单的道理，而且什么也不想懂。他坚决要求吃饭时给他准备啤酒，而给卡列丽雅·伊万诺夫娜准备葡萄酒。

"一顿正经的午饭能没有葡萄酒吗？"他质问玛露霞，耸耸肩膀，觉得这是令人奇怪的咄咄怪事，"尼基福尔！一定得有酒，你的事情就是管这个的！你呢，玛露霞，应该感到害臊才是！莫非要我自己来管家吗？你们多么喜欢惹我生气啊！"

这是一个谁也管不了的骄奢淫逸的人！不久，卡列丽雅·伊万诺夫娜也来为他帮腔了。

"给公爵准备酒了吗？"她看见要开饭时就问道，"啤酒在哪里呢？应当走一趟，去买酒！公爵小姐给钱让仆人去买酒！您有零碎钱吗？"

公爵小姐说有零钱，便把最后一点钱都拿出去了。叶果鲁什卡和卡列丽雅又吃又喝，却不知道玛露霞的表、戒指和耳环，一件一件的东西都送进了当铺，她那些贵重的连衣裙也都卖给旧货商人了。

他们没有看见也没有听见玛露霞向尼基福尔借明天的菜钱时，那老仆人如何地抱怨着，嘴里嘟嘟囔囔，打开他的箱子，而那两个鄙俗又麻木的人，公爵和他的小市民女人，对这一切根本就不当一回事！

第二天早晨九点多钟，玛露霞到托波尔科夫家里去，开门的还是那个长得不错的女仆。她把玛露霞带到前厅，帮她脱下大衣。女仆叹口气并对她说：

"您知道吗，公爵小姐？大夫看病至少要收五个卢布。这您是知道的。"

"她对我说这些是什么意思呢?"玛露霞想道,"多么无礼!他,可怜的人,还不知道他雇了这么一个无用的女用人!"

可是与此同时,玛露霞心里却发紧了:她口袋里只有三个卢布了。不过他也不至于因为少了区区两个卢布就把她赶走吧?

玛露霞从前厅走进候诊室里,那里已经坐着许多病人。自然,这些渴望治好病的人大多数是女人。她们占据了候诊室里的所有座位,三五成群地坐在那里聊天。她们谈得很热烈,而且无所不谈:谈天气,谈疾病,谈大夫,谈孩子……都是大声说话,并且哈哈大笑,就跟在自己家里一样。有些人,一面等着,一面织毛衣或绣花。在候诊室里,没有穿得很朴素和很差的人。托波尔科夫就在隔壁房间里看病,大家按顺序到他房间里去。进去的人都脸色苍白、严肃、有点发抖,可是从他那里出来时却脸色泛红、满头大汗,就像是在教堂里刚刚行过忏悔礼,或从身上卸掉了力不能胜的重负而感到庆幸似的。托波尔科夫为每个病人看病不超过十分钟,可能是病人的病都不重。

"这一切多么像是江湖郎中招摇撞骗!"要不是玛露霞有自己的心事,准会这么想。

玛露霞最后一个走进医生的诊室。在这里到处堆着书,书皮上印着德文和法文的书名。她走进诊室,全身发抖,就像一个被丢进凉水里的母鸡。他站在房间中央,左手扶着写字桌。

"他多么漂亮啊!"他的女病人的脑子里首先闪过的是这个想法。

托波尔科夫从来没有卖弄过自己的漂亮,而且他也未必会卖弄什么。然而他平时所表现的一切姿态,都好像特别威严。玛露霞现在所看到的他这种姿态,使她联想到画家画伟大的统帅时所雇用的

大作家讲的小故事

那些模特儿的威严。他一只手扶着桌子，旁边放着一些他刚从病人那里收下的十卢布和五卢布的钞票。那里还非常整齐地放着一些家具、器械、试管，这一切对玛露霞来说，都极难理解，极其深奥。这些东西，加上这个设备豪华的诊室，总合起来，使威严的画面更加威严了。玛露霞顺手把门带上，站着……托波尔科夫用手指了指圈椅。我的女主人公走到圈椅跟前，坐下来。托波尔科夫威严地摇晃了一下，在她对面的一把圈椅上坐下，用一双疑惑的眼睛盯住玛露霞的脸。

"他没有认出我来！"玛露霞想，"要不他不会不说话的……我的天啊，他怎么不说话呢？唉，我怎么开口呢？"

"怎么样？"托波尔科夫哼了一声。

"我有点咳嗽，"玛露霞小声说，好像要为了证实自己的话，连咳了两声。

"很久了吗？"

"已经有两个月了……夜里更厉害。"

"嗯……发烧吗？"

"不，好像不发烧……"

"您好像在我这里看过病吧？您以前生过什么病吗？"

"肺炎。"

"嗯……对，我想起来了，您好像姓普里克朗斯基吧？"

"是的……当时我的哥哥也病了。"

"请您服这种药粉……睡觉以前服……要防止感冒……"

托波尔科夫很快地开了处方，站起来，又做出了原来的那种姿势。玛露霞也站起来。

"再没有别的病了吗？"

"没有什么了。"

托波尔科夫定睛看着她。他看看她,又看看房门。他没有工夫,正等着她出去。她却站着,看着他,欣赏他,等着他会对她说些什么话。他多么漂亮啊!她沉默着过了一分钟,后来震颤一下,看出了他张开口打哈欠的意思和他眼睛里等待她出去的含义,便给了他三个卢布,转身向门口走去。医生把钱丢在桌上,在她后面把门关上了。

玛露霞从医生家里出来回家时,心里非常生气。

"唉,我为什么不跟他说说话呢?为什么呢?胆怯了,就是这么回事!这样的结果,真荒唐……只是打搅了他一下。我为什么要把这些该死的钱捏在手里?好像要显示一下阔气?钱是很能令人误解的东西……上帝保佑,可能我得罪人了!付给他钱也要做到不知不觉才对。唉,我为什么不说话呢?……要不他就会对我讲开来,对我解释了……就会清楚他为什么派媒婆来了……"

玛露霞回到家里,躺在床上,把头埋在枕头底下。每当她激动的时候,都是这样的。但这也没有使她安静下来。叶果鲁什卡走进她的卧室,并开始从房间的这头走到那头,皮鞋踩得嘎吱地响。

他的脸很神秘……

"你出了什么事?"玛露霞问道。

"啊啊啊……我还以为你睡着了,不想打搅你。我要告诉你……一个好消息,很愉快的消息。卡列丽雅·伊万诺夫娜想住到我们家里来,是我请她来的。"

"这不可能!不能这么做!①你把什么人请来了?"

"为什么不可能?她是一个很好的女人……她将帮助你料理家务。我们把她安置在拐角上那个房间住。"

"妈妈是在拐角的房间里去世的!这不可能!"

---

① 原文为法文。

大作家讲的小故事

玛露霞抖动着身体，战栗着，好像被扎伤了似的，脸上泛起了红晕。

"这是不可能的！乔治，如果你要逼我同那个女人一起生活，就杀了我吧！亲爱的乔治，别这样！别这样！亲爱的！我求你了！"

"那么，她哪一点让你不喜欢呢？我不明白！她跟别的女人不一样……她聪明、快活。"

"我不喜欢她……"

"可是我喜欢她。我喜欢这个女人，并愿意她跟我住在一起！"

玛露霞哭了……她的脸由于绝望而变得很难看……

"如果她要住在这里，我就去死……"

叶果鲁什卡轻轻地吹着口哨，踱了几步，离开了玛露霞的房间，过了一分钟又进来了。

"借给我一个卢布。"他说。

玛露霞给了他一个卢布。她得设法减轻一点叶果鲁什卡的悲伤。因为，在她看来，他心里现在正进行着可怕的斗争：他对卡列丽雅的爱同他的责任感发生了冲突！

傍晚，卡列丽雅来找玛露霞。

"您为什么不喜欢我呢？"卡列丽雅拥抱公爵小姐，问道，"要知道我是一个不幸的人！"

玛露霞挣脱她的拥抱，说：

"您没有什么地方可以使我喜欢的！"

为了这句话，她付出了很高的代价。一个星期后卡列丽雅就住进了她妈妈死之前所住的那个房间。她认为首先要为这句话报仇。她选择了最粗暴的报复方式。

"您干吗要这样装腔作势呢?"每次吃饭时她都要问公爵小姐,"您既然那么穷,就不能装腔作势了,在好人面前该鞠躬才是。我要是知道您有这样的缺点,我就不住到您这里来了。我为什么要爱上您的哥哥呢?"她补充说,叹了口气。

她对玛露霞的贫穷进行种种责难、暗示和讪笑,最后是哈哈大笑。叶果鲁什卡对这种笑满不在乎。他认为自己对不起卡列丽雅,便顺从了她。可是这个台球记分员的老婆、叶果鲁什卡的情妇的愚妄的嘲笑却伤害了玛露霞。

每到傍晚玛露霞都在厨房里坐着,孤立无助、软弱、毫无主意,不住地流泪。泪水掉在尼基福尔的大手掌上。尼基福尔陪着她啜泣,给她讲一些往事,而往事却更加深她内心的痛苦。

"上帝会惩罚他们的!"他安慰她说,"您别哭了。"

冬天,玛露霞再一次到托波尔科夫诊所去。

当她走进他的诊室时,他正坐在圈椅上。他仍像从前那样漂亮,威严……这一次他脸上显得十分疲倦……眨巴着眼睛。睡眠不足的人总是这样的。他没有看着玛露霞,只是用下巴指一下对面的圈椅。她坐下来。

"他脸上表现出悲伤,"玛露霞看着他,想道,"他准是跟那个商人的女儿过得很不幸福吧?"

他们默默地坐了一分钟。啊,她会多么愉快地对他诉说她的生活!她会对他讲许多他在任何印有法文或德文书名的书里都读不到的东西。

"我咳嗽。"她小声说。

医生扫视了她一眼。

"嗯……发烧吗?"

"是的,每天晚上都发烧……"

大作家讲的小故事

"夜里出汗吗?"

"是的……"

"把衣服脱下来……"

"怎么?"

托波尔科夫做出不耐烦的手势,指指自己的胸部。玛露霞红着脸,慢慢地解开胸口的扣子。

"请您把衣服脱下来,快一点,劳驾……"托波尔科夫说,把一个小锤拿在手里。

玛露霞把一只胳膊从袖口里抽出来。托波尔科夫很快地走到她跟前,刹那间就把她的连衣裙脱到了腰部。

"请把衬衣解开!"他说道,还没等玛露霞自己动手,他就解开了她衬衣领子的纽扣,接着使病人更惊恐的是,他拿起锤子在她那白净的瘦削的胸脯上敲打起来……

"您把手放下……不要妨碍我,我不会把您吃掉的。"托波尔科夫嘟囔道。她涨红了脸,恨不得钻进地里去。

托波尔科夫敲打完后,开始听诊。她左肺尖的声音很浊。他很清楚地听得见吵吵的杂音和不柔和的呼吸声。

"把衣服穿上吧。"托波尔科夫说,开始向她提一些问题。她的住所好吗?她的生活方式正常吗?等等。

"您必须到萨马拉①去!"他谈了许多关于正规生活方式的事以后,说:"你要到那里去喝马奶,我说完了,你可以走了……"

玛露霞勉强扣好了纽扣,不好意思地给他五个卢布。又站了一会儿,便走出了深奥的诊所。

"他留下我足有半个小时,"她边想,边走回家去,"而我竟没有说话!没有说话!我为什么不跟他谈一谈呢?"

---

① 俄国地名,那里有疗养的地方。

她回家的时候,没有想萨马拉,而是想着托波尔科夫医生。我干吗要到萨马拉去呢?不错,那里没有卡列丽雅·伊万诺夫娜,可是那里也没有托波尔科夫呀!

"去它的吧,什么萨马拉!"她一边走,一边生气,同时又感到高兴:他承认了她是病人。现在她就不必拘礼,可以随时到他那里去了,去多少次都行,哪怕每星期都去!在他的诊室里多么好,多么舒适!特别是那张放在诊室深处的长沙发。她很想跟他一起坐在这张长沙发上,谈谈各种各样的事,向他诉诉苦,劝他看病收费不要太高。对有钱人自然可以而且应该收费高,可是对穷病人应该打折扣才对。

"他不了解生活,不能区分穷人和富人,"玛露霞在想,"我得教会他!"

这次家里又有一场免费的戏等她去看。叶果鲁什卡躺在长沙发上,歇斯底里大发作。他又骂又哭,全身发抖,像发高烧似的。他喝醉了酒的脸上流着眼泪。

"卡列丽雅走了!"他说,"已经两个晚上没来家里睡觉了!她生气了!"

叶果鲁什卡的哭喊是多余的。傍晚卡列丽雅又来了,她原谅了他,并带他去了俱乐部。

叶果鲁什卡的放荡生活达到了顶峰……玛露霞的抚恤金不够他用,他便开始"工作"了。他向仆人借钱,靠打牌作弊骗钱,偷玛露霞的钱和物。有一次,他和玛露霞并排走着,从她口袋里偷去两个卢布。这是她攒起来准备买鞋用的钱。他一个卢布留给自己用,另一个卢布给卡列丽雅买梨吃。熟人都离开了他。普里克朗斯基家旧日的客人们,玛露霞的熟人们现在都当着他的面叫他"骗子爵爷"。甚至当他向某个新朋友借到了钱,邀请花卉饭店的"姑娘

大作家讲的小故事

们"一起去吃饭时,她们也怀疑地瞧着他,取笑他。

玛露霞看到了也明白了这种放荡生活的顶峰……

卡列丽雅的放肆也在不断增长。①

"别翻我的衣服,劳驾!"玛露霞有一次对她说。"翻一下您的衣服也没有什么,"卡列丽雅回答说,"您如果认为我是贼,那也……随便。我走就是。"

而叶果鲁什卡却责备妹妹,并整整一个星期向卡列丽雅下跪,求她不要走。

然而这种生活并不能持续很久。一切小说都有一个结尾。这篇短短的小说也快要结束了。

谢肉节到了,接着就是预报春天来临的日子。白昼变长,房檐滴水,从野外送来新鲜的空气。呼吸到这种空气时,您就预感到春意了……

谢肉节期间的一个傍晚,尼基福尔坐在玛露霞的床边……叶果鲁什卡和卡列丽雅都不在家。

"我在发烧,尼基福尔。"玛露霞说。

尼基福尔啜泣起来,给她讲述往事,而往事却更加深她内心的痛苦……

他谈到公爵、公爵夫人、他们过去的生活……他描述已故公爵打过猎的树林、公爵追捕过兔子的田野、塞瓦斯托波尔——已故的公爵过去在塞瓦斯托波尔负过伤。尼基福尔讲了许多。玛露霞特别喜欢听他讲述旧日的庄园。这庄园在五年前已卖掉抵债了。

"那时我常到露台上去……春天开始了。我的天啊!眼睛简直离不开上帝的世界!森林还是黑的,可是从那里已经散发出了快乐的气息。多么美丽的小河,水很深……你的妈妈年轻的时候常去钓

① 原文为意大利语。

174

鱼……成天都在水里站着……她喜欢在外面待着……大自然啊！"

尼基福尔不停地讲，声音都变哑了。玛露霞听着，不让他离开。从老仆人的脸上，她看到了他给她讲的关于父亲、母亲和庄园的一切东西。她听着，看着他的脸，于是她又想活下去，想活得幸福，到她母亲钓过鱼的河里去钓鱼……河流，河流后面是田野，田野过后是青绿色的森林，而这一切的上空则是亲切的阳光在照耀，给大地温暖……活着多好啊！

"亲爱的尼基福尔，"玛露霞小声地说，握着他那干枯的手，"亲爱的，明天你借给我五个卢布吧……这是最后一次了……可以吗？"

"可以……我也只有五个卢布了，拿去吧，求上帝保佑您……"

"我会还你的，好人，你就借给我吧……"

第二天早晨，玛露霞穿上最好的连衣裙，用粉红色的带子扎上头发，到托波尔科夫家去。出门之前，她在镜子面前照了十多次。在托波尔科夫家的前厅里，一个新的女用人迎接她。

"您知道吗？"新的用人帮玛露霞脱下大衣时对她说，"大夫看病至少收五个卢布……"

这一回候诊室里病人特别多。所有的家具上都坐满了人，有个男人甚至坐在钢琴上。十点钟开始门诊，十二点钟停诊，开始做手术。下午两点再继续门诊。玛露霞直到四点钟才轮上看病。

她没有喝茶，疲惫不堪地等着。由于发烧和激动，全身哆嗦。她自己也不知道她是怎样在医生对面的圈椅上坐下来的。她脑子里空荡荡的，嘴里发干，眼睛里有一层云雾，透过这层雾她只看见他的脑袋在闪动……手和锤子在闪动……

"您去萨马拉了吗？"医生问她，"您为什么不去呢？"

大作家讲的小故事

她什么也没有回答。他敲了敲她的胸脯，然后又听了听。她的左肺尖的浊音已经扩大范围，几乎整个左肺都有了，连右肺尖也可以听见浊音了。

"您不必到萨马拉去了。您不要出去了。"托波尔科夫说。

玛露霞透过那层雾看到，在他那枯燥、严肃的脸上有一种近似同情的东西。

"我不去。"她小声说。

"您告诉您的父母亲，不要让您到外面去。您要避免吃不容易煮烂的粗食……"

托波尔科夫开始提出各种忠告，说得入迷了，又长篇大论地说起来。

她坐着，什么也没听见，只模模糊糊地看到他的嘴唇在动。她觉得他说得太久了。终于他停止了说话，站起来，眼睛看着她，等着她离开。

她没有走。她喜欢坐在这张很好的圈椅里，非常害怕回家，害怕见到卡列丽雅。

"我说完了，"医生说，"您可以走了。"

她转过脸来对着他，看着他。

"请不要赶我走！"医生哪怕是最初级的面相家，这时也会从她的眼神里读到这句话。

从她的眼睛里流出了大颗的泪珠。两只胳膊无力地垂落在圈椅的两边。

"我爱您，医生！"她低声地说。

由于内心燃起烈火，她脸上和脖子上泛起了红晕。

"我爱您！"她小声地又说一遍。她的头摇晃了两下，垂了下来，额头撞在桌子上。

而医生呢？医生……自从行医以来他第一次涨红了脸，两只眼睛眨巴着，就像受到罚跪的顽皮男孩一样。他从没听见过任何女病人对他说这样的话，而且是以这样的形式出现！没有任何一个妇女！莫非是他听错了？

心不安地翻动起来，怦怦地跳……他难为情地咳嗽起来。

"米科拉沙！"隔壁房里传来喊声，从半开着的房门里露出他那出身于商人家庭的妻子的两个粉红色的脸颊。

医生利用这一声叫喊，很快地走出了诊室。他正好要找点什么借口，哪怕能摆脱一下这种尴尬的局面也好。

十分钟以后他回到自己的诊室时，玛露霞已躺在长沙发上了。她仰面朝天地躺着，一只手与头发一起垂在地板上。玛露霞这时已不省人事了。托波尔科夫红着脸，心跳得厉害，悄悄地走到她跟前，解开她衣服上的扣子。他扯掉了一个领钩子，自己也不知不觉地就把她的连衣裙撕开了。从连衣裙的所有皱边里、线缝里、各个角落里掉下来许多东西，落在长沙发上。那是他的处方、他的名片、照片……

医生在她的脸上喷了一口水……她睁开了眼睛，用胳膊肘稍稍支起身子看着医生，沉思起来。她在自问：我这是在哪儿呢？

"我爱您！"她呻吟道，认出了医生。

她那充满爱和祈求的目光停留在他的脸上。她看上去，就像是一只受了伤的小野兽。

"我该怎么办呢？"他问道，不知怎么办才好……他这一句话的声音，玛露霞有点辨认不出来了：不平稳、吐字也不那么清楚，而是柔和，几乎是温柔了……

她的胳膊弯了下来，脑袋便倒在沙发上，可眼睛仍旧瞧着他。

他站在她面前，从她眼睛里看到了祈求。他感到自己陷入了

大作家讲的小故事

极可怕的处境。心在胸膛里怦怦直跳,头脑里出现了某种从未有过的、陌生的东西……千百种不请自来的回忆,在他的发烧的头脑里翻动起来。这些回忆是从哪里来的呢?莫非是来自那双充满爱和祈求的眼睛?

他想起了幼年时代,想起了在老爷家擦茶炊。除了擦茶炊和后脑壳挨打外,他的记忆里还闪过了那些恩人和穿着厚大衣的女恩人;闪过了宗教学校,由于他有个"好嗓子",主人把他送去上学,在那里他挨过不少打,吃掺沙子的粥,后来转入宗教中学,在那里学拉丁语,挨饿,幻想,读书,同学校总务神甫的女儿谈恋爱。他还想起他违背恩人的意愿,从宗教中学逃跑,进入大学。他逃跑时身无分文,脚上穿着破鞋。那次逃跑多么有意思!在大学里他为了学习而挨冻受饿……艰难的道路。

他终于胜利了。他用自己的额头打通了一条通向生活的隧道……那又怎么样呢?他精通自己的业务,读许多书,干许多工作,还准备夜以继日地工作……

托波尔科夫斜视一眼胡乱放在桌子上的五卢布和十卢布的钞票;他还想起那些太太小姐们,这些钱就是从她们手里收下的。于是他脸红了……难道他走完那条艰难的道路,就只是为了这些五卢布的钞票和太太小姐们吗?是的,只是为了这些……

在这些回忆的逼迫下,他那威严的身材变得瘦小了,那种傲慢气也消失了,光滑的脸上出现了皱纹。

"我该怎么办呢?"他瞧着玛露霞的眼睛,又一次小声地说。

他在这双眼睛面前感到羞愧。如果有人问:你在行医期间都做了些什么?得到了什么?你该作何回答呢?

五卢布和十卢布的钞票,除此就别无所有了!为了挣这些钞票,他把科学、生活、安宁,全都献出去了。而那些钞票则给了他

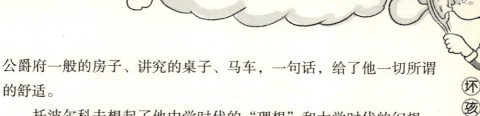

公爵府一般的房子、讲究的桌子、马车，一句话，给了他一切所谓的舒适。

托波尔科夫想起了他中学时代的"理想"和大学时代的幻想，于是眼前的这些蒙着贵重丝绒的圈椅和长沙发、铺满地毯的地板、烛架和价值三百卢布的时钟，对他来说，统统都成了一摊可怕的黏糊的烂污泥了！

他走上前去，把玛露霞从她躺着的污泥里抱了出来，连胳膊和腿一起高高地举起……

"你不要躺在这里！"他说，转身离开了长沙发。

仿佛是为了对他的举动表示谢意似的，她那美丽的亚麻色的头发像瀑布一样撒落在他的胸口上……在他的金丝眼镜后边一双陌生的眼睛闪着亮光。这是什么样的眼睛啊！真想伸出手指去摸一摸它们！

"给我喝点茶！"她小声说道。

第二天，托波尔科夫和她一起坐在头等车厢的一个包厢里。他送她到法国南部去。真是个奇怪的人！他知道她已经没有康复的希望了，就像知道自己的五个手指一样……可是还是要送她去。一路上他都在对她进行敲打、听诊、询问。他不愿意相信自己的知识，竭尽全力想从她的胸部敲打出、听诊出哪怕是最小的希望来！

至于钱，昨天他还那么尽心竭力地积攒，而如今在路上却大把大把地花出去。

现在，要是在姑娘的哪怕是一片肺叶上能听不到那该死的杂音的话，他情愿把所有的钱都献出去！他和她都多么想活下去啊！对他们来说，太阳已经出来了，他们在等待白天……然而太阳没有把他们从黑暗中救出来，而且……晚秋已经开不出花来了！

公爵小姐在法国南部没有住满三天，就去世了。

大作家讲的小故事

托波尔科夫从法国回来后仍像从前一样地生活。跟从前一样地为太太小姐们看病，积攒五卢布的钞票。不过，也可以看到他身上的一些变化。他同女人谈话时，眼睛总是往旁边看，往空地方看……不知为什么，他看着女人的脸，心里就非常害怕……

叶果鲁什卡活着并且很健康。他已抛弃了卡列丽雅，现在住在托波尔科夫家里。医生把他接到家里来，对他倍加爱护。叶果鲁什卡的下巴使他联想起玛露霞的下巴，因此他容许叶果鲁什卡拿他的那些五卢布的钞票去纵饮作乐。

叶果鲁什卡非常满意。

赏析与品读

这是契诃夫的一部中篇小说，小说创作的背景时逢19世纪中期俄国农奴制改革，处于新旧交替的时代，旧社会消亡和新时代的发展给人们带来了生活上和思想上的冲击，一些贵族家庭日益走向落寞。故事正是在一个祖辈显赫但正在逐渐衰败的家庭中展开。没落贵族少女玛鲁霞默默爱上了农奴出身的医生托波尔科夫，但后者却只是一个需要通过婚姻来筹钱的名利场中人。

作者用冷静而客观的现实主义手法，用对白式的叙述方式，以少女的爱情为主线，刻画了女主人公对爱情的向往和追求。但结局是悲惨的，就像作者对秋天的反复描述，作品始终弥漫着浓郁的灰色情绪。在揭露和抨击社会的黑暗面和人性的阴暗面的同时，也会令读者在同情和震惊之余，产生反思和共鸣。

两个男孩

● 带着问题读一读,你会收获更多 ●

1. 沃洛嘉和契契维津是两个怎样的男孩?
2. 沃洛嘉和契契维津的冒险经历是怎样的?

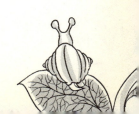

大作家讲的小故事

"沃洛嘉回来了!"外面有人喊道。"沃洛季奇卡回来了!"娜塔丽娅喊叫着跑进厨房,"啊,我的上帝!"

柯罗列夫全家每时每刻都在等待着沃洛嘉的回来,这时大家都奔向窗口。大门口停着一辆宽敞的平板雪橇,拉雪橇的三匹白马正在喘着大气。雪橇上已经空无一人,因为沃洛嘉已经站在前厅里,正用其冻得发红的手指解开他的长耳风帽。他的中学生的制服、制帽、套鞋上以及太阳穴的头发上,都蒙上了一层白霜。他全身从头到脚都散发出一种好闻的寒冷的气味,叫人一看见就会打寒战,说声:"卜噜噜!"①妈妈和姑妈扑过来拥抱他、吻他,娜塔丽娅冲到他的脚下,替他脱套鞋,几个妹妹发出尖叫声,房门吱扭叫、砰砰响。沃洛嘉的父亲只穿着一件坎肩,手里还拿着剪刀就跑进前厅里,吃惊地叫喊起来:

"我们从昨天起就盼着你回来了!回家的路上都好吗?顺利吗?我的上帝啊!请你们让他向父亲道个好吧,怎么,我不是他父亲了怎么的?"

"汪!汪!"那条巨大的黑狗米罗德用低沉的声音叫了两声,用尾巴拍打着墙壁和家具。

所有这一切混合成一种接连不断的欢乐声,持续了两分钟之久。当第一次欢乐热潮过去后,柯罗列夫一家人才发现,前厅里除了沃洛嘉外还有一个小个子的人,他围着头巾、披肩,戴着长耳风帽,也蒙着一身白霜,一动不动地站在一个角落里,在一件很大的狐皮大衣的阴影里。

"沃洛季奇卡,这个人是谁呀?"母亲小声问道。

"啊哈!"沃洛嘉忽然想起来说。"我荣幸地给你们介绍一

---

① 表示寒冷感觉而发出的声音。

下，这是我的伙伴契契维津，二年级的学生……我带他来我们家做客的。"

"非常高兴，欢迎光临！"父亲愉快地说。"请原谅，我穿着家常便服，没穿常礼服……请吧！娜塔丽娅，帮助契契维津先生脱掉外衣！我的上帝啊，你们快把这条狗赶出去！简直受罪！"

过了不久，沃洛嘉和他的朋友契契维津便坐在桌子旁边喝茶。他们被喧闹的欢迎场面弄得晕头转向，他们的脸由于受了寒仍然是红红的。冬日的可爱的太阳透过窗户上的积雪和冰花在茶炊上颤动着，它的纯洁的光线沐浴在洗杯盆里。房间里暖融融的。这两个男孩都感觉到，在他们的冻僵的身体里，寒气和热气正互不相让地打架呢，弄得他们全身痒酥酥的。

"瞧，马上就是圣诞节了！"父亲一边拉长声调说，一边用棕黑色的烟叶在卷一支烟。"夏天母亲才哭着送你走，这难道是很久以前的事吗，可你现在又回来了……时间呀，孩子，过得太快了！哎一声都还没来得及说，可人已经老了。契比索夫先生，请吃吧！不要客气！我们这里是很随便的。"

沃洛嘉有三个妹妹：卡嘉、索尼娅和玛莎，其中最大的一个是十一岁，她们都围着桌子坐着，目不转睛地望着新的相识。契契维津的年龄和身高都和沃洛嘉一样，但没有他那么胖、那么白，而是瘦瘦的、黑黑的，脸上布满了雀斑。他的头发像鬃毛一样，眼睛却很小，嘴唇太厚，一般地说，他长得很不好看。如果他不是身上穿着中学生制服的话，只凭外表看，他很可能被当做是厨娘的儿子。他老沉着脸，总是不说话，一次也没有笑过。几个小姑娘看着他，立即就认为他一定是个很聪明很有学问的人。他老是在想着什么，而且想得那么出神，当人家问他什么问题的时候，他总是怔一下，摇摇头，请求对方把问题重复一遍。

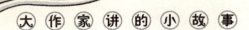

大作家讲的小故事

小姑娘们发现，就连平时欢快的、很善于言谈的沃洛嘉这一回也很少说话，毫无笑容，甚至好像连这次回家也感到不高兴似的。大家坐着喝茶的时候，他也只对妹妹们说过一次话，而且说的话也很古怪，他用手指指着茶炊说：

"在加利福尼亚，人们不喝茶而喝杜松酒。"

沃洛嘉也是心事重重。根据他偶尔与自己的朋友契契维津相互交换思想的眼神来看，这两个孩子的想法是一致的。

喝完茶之后，大家便来到儿童室里。父亲和姑娘们都围着桌子坐下来，继续做他们刚才由于两个男孩的到来而中断了的活计。他们用彩色纸做装点圣诞树用的各种纸花和穗子。这是一种很吸引人、很热闹的活计。小姑娘们每做出一朵新花都会发出一阵欢快的叫声，甚至是惊喜的叫喊，好像这花朵是从天上降下来的。爸爸也干得很入迷，有时他把剪刀往地下一扔，生气地抱怨这些剪刀太钝；妈妈则满脸焦急地跑进儿童室来问道：

"谁拿了我的剪刀？又是你，伊万·尼古拉伊奇，把我的剪刀拿走了吧？"

"我的上帝啊，连一把剪刀也不给用！"伊万·尼古拉伊奇用哭泣的嗓子回答说，身子往椅背上一靠，做出十分委屈的样子，但是，过一会儿他又干得十分入迷了。

在刚回来的最初的一段时间，沃洛嘉也做一些装点圣诞树的工作，或者是跑到院子里去看看马车夫和牧羊人堆雪山，但现在他和契契维津对这些彩色纸已经不屑一顾了，连马房他也一次都没进去过，而是坐在窗户旁边小声交谈什么，然后两人一起打开地图开始看地图。

"先到彼尔姆……"契契维津小声地说。"从彼尔姆到秋明……然后到托木斯克……然后……然后……到堪察加……在堪察

加萨莫耶德人用船把人运到白令海峡……这样你就到达美洲了……那里有许多毛皮兽。"

"可是加利福尼亚呢?"沃洛嘉问道。

"加利福尼亚在下面一点儿……只要到了美洲,加利福尼亚就不远了。要想得到食物,可以去狩猎或者去抢劫。"

契契维津整天都躲着这几个小姑娘,看她们的时候总是皱着眉头。晚茶之后碰巧有五分钟的时间他得单独地和小姑娘们待在一起,这个时候不说话是不得体的。他严厉地咳嗽了一声,用右手的掌心擦了擦左手,阴郁地看了一眼卡嘉,问道:

"您读过麦因·李德[①]的书吗?"

"没有,没读过……我问您,您会滑冰吗?"

心事重重的契契维津没有回答这个问题,只是使劲地鼓起两边的腮帮子,喘了一口大气,好像觉得天气太热似的。他又一次抬起眼睛看着卡嘉,说道:

"当北美的野牛群穿过潘帕斯草原时,土地颤抖,这时野马便会受惊、尥蹶子、嘶鸣。"

契契维津忧郁地微微笑一笑,又补充说:

"还有就是印第安人打劫火车。不过最坏的还是白蛉子和白蚁。"

"这是什么东西?"

"这东西类似小蚂蚁,只是长有翅膀。它咬起人来可厉害了。您知道我是谁吗?"

"你是契契维津先生。"

"不对,我是蒙提赫莫,鹰爪子,战无不胜者的领袖。"

[①] 麦因·李德(1818—1883),英国冒险小说作家。

大作家讲的小故事

这时最小的女孩玛莎看了他一眼，然后又望着窗口，窗子外面已经是黄昏了。她若有所思地说：

"我们家昨天吃小扁豆①了。"

契契维津的话人家根本听不懂，而且他跟沃洛嘉老是小声交谈。沃洛嘉也不想玩耍了，总是在想什么心事。这一切都显得很神秘很奇怪。两个大一点的姑娘卡嘉和索尼娅开始机警地注意这两个男孩子。晚上，当两个男孩躺下来睡觉的时候，两个小姑娘便悄悄地走到他们房门口，偷听他们的谈话。啊，她们听到了什么呢！原来两个男孩打算到美洲的什么地方去采金子。他们把路上要用的一切东西都准备好了：一支手枪、两把刀子、面包干、取火用的放大镜、罗盘，还有四个卢布的现金。她们听到，两个男孩需要步行几千俄里的路，中途要同那些老虎、野人搏斗，然后才采到金子和象牙，杀死敌人，去当海盗，喝杜松酒，最后娶美女做老婆，经营种植园。沃洛嘉和契契维津谈得津津有味，而且老是相互打岔。谈话中契契维津称自己为"蒙提赫莫，鹰瓜子"，称沃洛嘉为"我的白脸兄弟"。

"你要注意，别去告诉妈妈，"卡嘉对索尼娅说，一起睡觉去了。"沃洛嘉会从美洲给我们带回金子和象牙来，如果你告诉了妈妈，妈妈是不会让他去的。"

圣诞节的前一天，契契维津整整一天都在看亚洲地图并在记些什么。沃洛嘉则愁眉苦脸，他的脸好像是被黄蜂蜇了似的肿了。他阴郁地在房间里走来走去，什么东西也不想吃。有一回他在儿童室里站在圣像面前画十字，并且说：

"上帝啊，饶恕我这个罪人吧！上帝啊，保佑我可怜的、不幸的妈妈吧！"

---

① 俄文中чечевица（小扁豆）与чечевицын契契维津这个姓发音相近。

186

大作家讲的小故事

快到傍晚时他哭了。去睡觉的时候，他把父亲、母亲和几个妹妹拥抱了很久。卡嘉和索尼娅知道这是怎么一回事。最小的玛莎却什么也不明白，什么都不懂，只是一看到契契维津便沉思起来，叹口气说：

"保姆说，到了斋戒期就要吃豌豆和小扁豆。"

圣诞节那天的清晨，卡嘉和索尼娅悄悄地从床上爬起来，去看看这两个男孩如何地跑到美洲去。她们偷偷地来到他们的房门口。

"那么你不去了？"契契维津生气地问道。"你说：你不去了？"

"上帝啊！"沃洛嘉小声哭着说。"我怎么去呢？我可怜我的妈妈。"

"我的白脸兄弟，我求你了，我们去吧！你曾信誓旦旦地说过你要去的，你自己还鼓动我去，可是真要去的时候，你却胆怯了。"

"我……我不是胆怯，而是……可怜妈妈。"

"你说吧，你去还是不去？"

"我去，只是……只是等一等，我想在家里多待一些时间。"

"既然是这样，我就一个人去了！"契契维津断然地说。"没有你，我也可以去。你还说要去打老虎，要去战斗呢！你既然不去了，那就把火帽给我！"

沃洛嘉哭得很伤心，连两个妹妹也忍不住地小声哭起来。然后就静下来了。

"那么你就不去了？"契契维津又问了一次。

"我……去。"

"那就穿衣服吧！"

契契维津为了说服沃洛嘉，便吹嘘美洲有多么好，并学老虎叫，绘声绘色地描述轮船的景象。他一面骂他，一面又许诺把所有

188

的象牙及狮子皮和虎皮都给他。

于是这两个小姑娘觉得这个又瘦又黑、头发像鬃毛一样而且满脸雀斑的男孩很不平凡,很出色,是一位英雄,是一位坚定果敢、无所畏惧的人;他吼叫起来也很厉害,使得那些门外站着的人真以为里面有老虎或狮子呢!

两个小姑娘回到自己的房间里,并穿上了衣服。卡嘉热泪盈眶地说:

"哎呀,我多么害怕呀!"

午饭前两小时,一切都很平静,但吃午饭的时候忽然发现两个男孩子不在家,派人到下房、马厩去找,到管家住的厢房去找,都没有他们;再派人到村子里找,也没有找到,后来喝茶的时候,两个孩子还是没有回来。当大家坐下来吃晚饭时妈妈非常担心,甚至哭了。夜里又一次到村子里去找,打着灯到河边去找。上帝啊,出了多大的乱子啊!

第二天来了一个警察,在饭厅里写了一个文件。妈妈不断地哭。

可是,瞧,一辆无座雪橇停在了大门口,三匹白马在喷着热气。

"沃洛嘉回来了!"院子里有人喊道。

"沃洛季奇卡回来了!"娜塔丽娅大声叫道,跑进饭厅里去。

米罗德也用低沉的声音吠了两声:"汪!汪!"

原来这两个孩子在城里的一个商场里被扣留了。他们在商场里走来走去,老在打听哪里能买到火药。沃洛嘉一走进门厅就放声大哭起来,搂住母亲的脖子,两个小姑娘全身哆嗦,非常害怕地想到不知会发生什么事,她们听见爸爸把沃洛嘉和契契维津带到自己书房里,跟他们谈了许久。母亲也是又说话又哭泣。

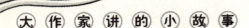

大作家讲的小故事

"难道可以这样干吗?"爸爸劝导说。"上帝保佑,如果学校知道了这件事,他们会把你们开除的。而您,契契维津先生,应该感到害臊才对!这不好!您是策划者,我希望,您将受到您父母的惩罚。难道可以这样干吗?你们在哪儿过夜的呢?"

"在火车站!"契契维津骄傲地回答说。

后来沃洛嘉躺在床上。家里人在他的脑袋上捂上一块浸过醋的毛巾。他们派人给什么地方发了一封电报。第二天便来了一位太太,是契契维津的母亲,她把儿子带回去了。

契契维津走的时候,脸色严厉而且傲慢,跟小姑娘们告别时,他一句话也没有说,只是从卡嘉手里拿过笔记本,在上面写了几个字作为留念:蒙提赫莫,鹰爪子。

赏析与品读

契诃夫的小说是对真实生活的客观还原,也是对生活中某一场景或某一细节的提取,寥寥几笔,就把人物、事件、交待得清清楚楚,而且语言简练、生动、辛辣又不失幽默感,揭示的主题却深刻、寓意深长。

《两个小男孩》通过对想要去冒险的两个男孩子在家里的行为举止的刻画,鲜活地呈现出两个同龄人的性格特征。小说表达了懵懂少年的冲劲和不计后果的无知,也凸显了他们充满矛盾的心理。他们仿佛就生活在我们身边,有些许亲切,又微微地令人为他们捏把汗。契诃夫正是用这些妙语连珠、行云流水的文字,让人物生动鲜活起来,从而揭示深刻的社会现象,体现出人性的矛盾与冲突。

乞丐

● 带着问题读一读，你会收获更多 ●

1. 这篇小说写了一个怎样的故事？
2. 为什么卢什科夫认为是厨娘奥丽加真正挽救了他？

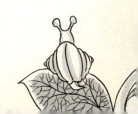

大作家讲的小故事

"先生!发发慈悲,关照一下我这个不幸的、饥饿的人吧。我已三天没有吃饭了……我连过夜的五戈比都没有……我敢向上帝发誓,我说的全是实话!我当了八年的乡村教师,后来由于地方自治会的倾轧,我丢掉了这份工作,成了告密的牺牲品。现在我失业已有一年了。"

律师斯科沃尔佐夫看了看这位乞讨者穿着的瓦灰色的破大衣,看了看他那双混浊的、醉醺醺的眼睛及其两颊上的红斑点,觉得好像以前在什么地方看见过此人。

"现在有人给我在卡卢加省谋到一个职位,"乞讨者接着说。"可是我却没有到那边去的路费,就请您帮个忙,行行好吧!真不好意思求您,可是……环境所逼呀。"

斯科沃尔佐夫看了看他的套鞋,其中一只是高腰的,另一只则是矮腰的。于是他突然想起来了。

"您听着,前天我好像在花园街碰到过您,"他说。"可是您当时对我说过,您并不是乡村教师,而是大学生,被学校开除了。您还记得吗?"

"不……不是……不可能!"乞讨者显得很尴尬,支支吾吾地说。"我是乡村教师,如果您乐意的话,我可以拿证件给您看。"

"您撒谎!您当时称自己是大学生,您甚至还告诉了我,您是为啥被学校开除的。还记得吧?"

斯科沃尔佐夫气得满脸通红,带着憎恶的表情离开这个穿破大衣的人。

"这很卑鄙,先生!"他生气地叱责道。"这是欺骗!我要把您送到警察局去。见鬼去吧!您贫穷,您饥饿,但这并没有给您权利可以厚颜无耻、昧着良心去撒谎。"

这个穿破大衣的人抓着门的把手,像一个被当场逮住的小偷,张皇失措，四周打量着前厅。

"我……我没有撒谎，先生……"他嘟哝道。"我可以拿证件给您看。"

"谁会相信您呢？"斯科沃尔佐夫继续愤懑地说。"要知道，您这是在利用社会对乡村教师和大学生的同情。要知道，这极其下流、卑鄙、肮脏！真令人气愤！"

斯科沃尔佐夫非常生气，以最无情的方式申斥了这位乞讨者。这个穿破大衣的人的无耻谎言激起了他的厌恶和反感，因为他侮辱了斯科沃尔佐夫本人所十分热爱和珍重的东西：善良、软心肠、对不幸者的同情等。而这个"人"用自己的谎言骗取别人的善心，也就玷污了他以纯洁的心灵周济穷人的那种施舍。穿破大衣的人开始时还为自己辩解、发誓，不过，后来便无话可说了，感到羞耻了，低下了头。

"先生！"他把手贴在胸口上说。"的确，我……撒了谎！我不是大学生，也不是乡村教师。所有这些都是捏造的，我原来是在俄罗斯合唱团里做事，由于酗酒，我被开除了。可是我怎么办呢？向上帝保证，说实在的，不撒谎不行啊！我要是说实话，谁也不肯对我施舍。说真话我就得饿死、冻死在街头。您的意见是对的，我懂得，可是……我有什么办法呢？"

"什么办法？您问我有什么办法？"斯科沃尔佐夫走近他大声喊道："您去干活，这就是办法！应该去干活！"

"干活……这我自己也知道，可是哪里能找到活干呢？"

"胡说！您年纪轻轻，健康，有力气，总是能找到活干的，只是看您想不想干罢了。其实您很懒、娇生惯养、酗酒，您就像一个刚从下等酒馆走出来的人，全身冒着酒气！您撒谎成性，坏透了，只会沿街乞讨和撒谎！即便您什么时候能屈尊同意干点事，也

大作家讲的小故事

得给您找个不干活只拿钱的地方,例如坐办公室、当俄罗斯合唱队员或台球记分员之类的差事才成!难道您肯干体力活吗?要您去看院子或进工厂当工人,恐怕就不肯去了。要知道,您是个很自负的人。"

"您怎么能这样说呢,真是的……"乞讨人说,苦笑了一下。"我到哪里去找体力活呢?去当小伙计吗?我已经晚了,因为做生意必须从学徒开始;去看院子吗?谁也不会要我,因为我容不得别人对我乱支使……工厂也不会收我,因为得有手艺才行,而我却什么也不会。"

"胡说!您总能找到辩解的理由!那么您愿意去劈柴吗?"

"我不拒绝,不过眼下那些真正的劈柴工人也在家闲着挨饿。"

"嘿,所有的寄生虫都是这么说的。真要叫您干时,您就拒绝了。愿不愿意到我家去劈柴呢?"

"好啊,我去……"

"好,我们等着瞧……好极了……我们会看到的!"

斯科沃尔佐夫立即就着手安排,不无幸灾乐祸地搓搓双手,将厨娘从厨房里叫出来。

"喂,奥丽加,"他对厨娘说,"把这位先生带到板棚里去,让他在那里劈柴。"

穿破大衣的人耸耸肩膀,有点大惑不解的样子,犹豫不决地跟着厨娘走了。从他走路的步态可以看出,他之所以同意去劈柴,不是因为他饥饿或者想挣点钱,只不过是碍于自尊心和面子罢了,因为说出去的话已不能收回;同时也明显地可以看出,由于酗酒,他的身体非常衰弱了。他不健康,而且对干活没有丝毫兴致。

斯科沃尔佐夫赶忙走进饭厅。那儿有一扇朝院子开的窗户,从窗口可以看到堆放劈柴的板棚以及院子里发生的一切事情。斯科沃尔佐夫站在窗户旁边,看着厨娘和穿破大衣的人正从后门来到院子里,沿着泥泞的雪地向板棚走去。奥丽加生气地打量着自己的同行者,用胳膊肘向两边一挥,撞开板棚的门,恶狠狠地弄得门砰的一声响。

"大概我妨碍这个女人喝咖啡了,"斯科沃尔佐夫想道,"多么凶的女人!"

接着他看见这位假教师和假大学生在一块粗木头上坐下来,用拳头支着两颊在想心事。女人拿来一把斧子,扔在他的脚下,凶巴巴地啐了一口唾沫。从她的嘴唇和表情看,她已经在骂人了。那位穿破大衣的人犹豫不决地拖来一块木头,放在自己的两腿之间,轻轻地劈了一斧子,木头晃了晃便倒了;穿破大衣的人又把它拉过来,吹了吹自己那双冻僵了的手,再一次小心翼翼地用斧子劈下去,好像是害怕劈到自己的套鞋或砍断自己的手指似的。木头又倒下了。

斯科沃尔佐夫的火气已经消了,他为自己强逼这个娇生惯养、酗酒成性而且可能有病的人在严寒下干粗活而感到有点儿不好受和惭愧。

"得啦,没有什么,让他干吧……"他边想边从饭厅回到了书房。"我这也是为他好。"

过了一小时,奥丽加来报告说,木柴已经劈好了。

"那好,给他半个卢布吧,"斯科沃尔佐夫说,"如果他愿意干的话,就让他每个月的初一来劈柴……总会有活干的。"

后一个月的初一,穿破大衣的人又来了。尽管他几乎连站都站不稳,却又挣到了半个卢布。从这时起,他就经常到院子里来了,而每次都能给他找到活干:有时叫他把积雪扫成堆,有时收拾收

大作家讲的小故事

拾板棚，有时清除一下地毯和床垫上的灰尘，每一回他都可以挣到20~40戈比，有一次主人还给了他一条旧裤子。

斯科沃尔佐夫搬家时，也雇他来收拾东西和搬运家具。这一次穿破大衣的人没有喝酒，但比较郁闷，不言语，他只是摸了摸家具，低着头，跟在货车后面走，甚至也不努力装得积极一点，而是怕冷地缩着身子；马车夫笑他游手好闲，笑他无能，笑他穿破烂的贵族大衣时，他显得很尴尬。搬家完了后，斯科沃尔佐夫吩咐人把他叫了过来。

"喂，我看到，我的话对您还是起了作用。"他说，并给了他一个卢布。"这是给您的劳动报酬。我看得出，您现在已不喝酒，也不反对干活了。您叫什么名字？"

"卢什科夫。"

"卢什科夫，我现在可以给您介绍另一个工作。您会写字吗？"

"会，先生。"

"那么明天您就拿着这封信去找我的一个同事，您会从他那儿得到一份抄写的工作。好好干，别再酗酒，别忘了我对您说过的话。再见！"

斯科沃尔佐夫感到满意的是，他把一个人扶上了正道。他亲切地拍了拍卢什科夫的肩膀，甚至告别时还与他握了手。卢什科夫拿了信就走了，此后再也没有到院子里来干活。

过了两年。有一天斯科沃尔佐夫站在剧院售票处旁，正要付钱买票时，看见身边站着一个身材矮小的人，他身穿带羊羔皮领子的大衣，头戴一顶旧海狗皮帽。这个小个子怯生生地向售票员要了一张最顶层的廉价戏票，付了几枚五戈比的铜币。

"卢什科夫，这是您吗？"斯科沃尔佐夫问道，认出了此人就是他家先前的劈柴工。"喂，怎么样？您现在在干什么？生活好吗？"

"还过得去……我现在在一个公证人那里工作，月薪三十五卢布，先生。"

"好啊，谢天谢地！太好了！我为您感到高兴，非常非常高兴，卢什科夫！要知道，从某种意义上讲，您是我的教子。要知道，是我把您扶上了正道。您还记得我是如何责骂您的吗？啊？当时您羞得差一点就要往地下钻了。好了，谢谢您，我的朋友，您一直没有忘记我的话。"

"我也要感谢您，"卢什科夫说，"要是我当时不是上您家去干活，也许我至今还说自己是教师或者大学生呢。是的，在您那儿我得救了，我跳出了泥坑。

"谢谢您那些善意的话和您所做的种种善事。您当时说得非常好，我要感谢您和您的厨娘。愿上帝保佑这个善良、高尚的女人永远安康。您当时说得非常好，我当然一生都将记住您的恩情，不过真正挽救我的其实是您的厨娘，奥丽加。"

"这是怎么一回事呢？"

"是这样的：当时我上您家去劈柴。开始时她也说：'唉，你呀，一个酒鬼！你是个该诅咒的人！你怎么还不快死去呢！'可后来，她就面对着我坐下来，满脸愁闷，盯着我的脸，哭着说：'你是个不幸的人！在这个世界上你没有一点乐趣，就是到了阴间，一个醉鬼也只有下地狱，被火烤。你这个苦命鬼啊！'您知道，她老是说这些话。她为我生过多少气，流过多少泪，这我就没法说了。不过最主要的是——她替我劈柴！要知道，先生，我在您家里连一块木头也没有劈开，全都是她劈的！为什么她要救我，为什么一看见她，我就改变了，酒也不喝了，这我也没有办法对您说

大作家讲的小故事

清楚。我只知道,是她的话、她的高尚行为使我的灵魂发生了变化,是她挽救了我。这我将永世不忘。不过时间到了,剧院的开幕铃声就要响了。"

卢什科夫行了一个礼,便到最顶层的座位上去了。

赏析与品读

契诃夫选取具有典型意义的人物和事件进行描写,展示小人物们在俄国社会中的悲惨处境。他自身的经历,成为他能钻进不幸的劳动大众灵魂的一个入口。契诃夫总是提取日常生活中最为平凡的片段,用最形象生动的对话语言、动作行为和最巧妙精致的细节,将一个个故事讲述得栩栩如生。

在小说《乞丐》中,他运用一连串的对话塑造出乞丐懒散、爱撒谎、爱酗酒而自负的人物特性。文字风格寓庄于谐,从世人所看得见的笑料中看到了为世人所看不见的眼泪,给读者留下了回味无穷的启示。他的小说中,冲突与矛盾也是必不可少的元素,看《乞丐》,总会让读者误认为主人公的改变完全是律师的功劳,直到最后才恍然大悟,律师的厨娘才是一个大功臣。